महादेवी वर्मा

महादेवी वर्मा का जन्म 26 मार्च, 1907 को फर्रूख़ाबाद उत्तर प्रदेश में हुआ। उन्होंने मिडिल में प्रान्त-भर में प्रथम श्रेणी प्राप्त की। इंट्रेंस भी प्रथम श्रेणी में। फिर 1927 में इंटर, 1929 में बी.ए., 1932 में प्रयाग विश्वविद्यालय से संस्कृत में एम.ए. किया। प्रयाग महिला विद्यापीठ में प्रधानाचार्य रहीं और 1960 में कुलपति बनीं। 'चाँद' तथा 'विश्ववाणी' (युद्ध अंक) का सम्पादन व 'साहित्यकार' का प्रकाशन व सम्पादन किया। प्रयाग में नाट्य संस्थान 'रंगवाणी' की स्थापना की।

उनकी प्रमुख कृतियाँ हैं—'अतीत के चलचित्र', 'शृंखला की कड़ियाँ', 'स्मृति की रेखाएँ', 'पथ के साथी' (रेखाचित्र); 'क्षणदा', 'साहित्यकार की आस्था तथा अन्य निबंध', 'संकल्पिता' (निबन्ध); 'मेरा परिवार' (संस्मरण); 'सम्भाषण' (भाषण); 'चिन्तन के क्षण' (रेडियो वार्ता); 'नीहार', 'रश्मि', 'नीरजा', 'सांध्यगीत', 'दीपशिखा', 'प्रथम आयाम', 'अग्निरेखा', 'यात्रा' (कविता-संग्रह)।

उन्हें 'ज्ञानपीठ पुरस्कार', 'सेकसरिया पुरस्कार', 'द्विवेदी पदक', 'मंगलाप्रसाद पारितोषिक', उत्तर प्रदेश सरकार के 'विशिष्ट पुरस्कार', उ.प्र. हिन्दी संस्थान के 'भारत भारती पुरस्कार' से सम्मानित तथा भारत सरकार की ओर से 'पद्मभूषण' और 'पद्मविभूषण' से अलंकृत किया गया। विक्रम, कुमाऊँ, दिल्ली, बनारस विश्वविद्यालयों से डी.लिट्. की उपाधि भी उन्हें मिली। वे साहित्य अकादेमी की सम्मानित सदस्य रहीं।

निधन : 11 सितम्बर, 1987

अतीत के चलचित्र

महादेवी वर्मा

लोकभारती पेपरबैक्स

पहला पेपरबैक संस्करण : 2008
छठा पेपरबैक संस्करण : 2025

लोकभारती पेपरबैक्स : उत्कृष्ट साहित्य के लोकप्रिय संस्करण

लोकभारती प्रकाशन
पहली मंजिल, दरबारी बिल्डिंग, महात्मा गांधी मार्ग,
प्रयागराज-211 001
द्वारा प्रकाशित
वेबसाइट : www.lokbhartiprakashan.com
ईमेल : info@lokbhartiprakashan.com

शाखाएँ : 1-बी, नेताजी सुभाष मार्ग, दरियागंज, नई दिल्ली-110 002
अशोक राजपथ, साइंस कॉलेज के सामने, पटना-800 006
1, अनमोल सोराबजी संतुक लेन, धोबी तलाव, मरीन लाइंस, मुम्बई-400 002

विकास कंप्यूटर्स एंड प्रिंटर्स
ट्रॉनिका सिटी-201 102
द्वारा मुद्रित

मूल्य : ₹ 199

ATIT KE CHALCHITRA
by Mahadevi Verma

ISBN : 978-81-8031-304-2

जिनके प्रयत्नों से देश अब स्वतन्त्र हुआ है
जिनकी सिपाही अफसरों ने मेरे लिए
जीवन की कुर्बानी दी है
जिनकी त्याग, शूरता, बलिदान मिल
और अनुशासन कायम रहा है
जो प्रत्येक प्रयासों के संचालक और
मेरी कृतज्ञता के अधिकारी हैं
उन्हीं सबके पुनीत करकमलों में
सिर झुकाकर अर्पित करते हैं

[illegible]

अतीत के चलचित्र

अपनी बात

समय-समय पर जिन व्यक्तियों के सम्पर्क ने मेरे चिन्तन की दिशा और संवेदन को गति दी है, उनके संस्मरणों का श्रेय जिसे मिलना चाहिए, उसके सम्बन्ध में मैं कुछ विशेष नहीं बता सकती। कहानी एक युग पुरानी, पर करुणा से भीगी है। मेरे एक परिचित परिवार में स्वामिनी ने अपने एक वृद्ध सेवक को किसी तुच्छ से अपराध पर, निर्वासन का दण्ड दे डाला और फिर उसका अहंकार, उस अकारण दण्ड के लिए असंख्य बार माँगी गयी क्षमा का दान भी न दे सका।

ऐसी स्थिति में वह दरिद्र, पर स्नेह में समृद्ध बूढ़ा, कभी गेंदे के मुरझाए हुए दो फूल, कभी हथेली की गर्मी से पसीजे हुए चार बताशे और कभी मिट्टी का एक रंगहीन खिलौना लेकर अपने नन्हें प्रभुओं की प्रतीक्षा में पुल पर बैठा रहता था। नये नौकर के साथ घूमने जाते हुए बालकों को जब वह अपने तुच्छ उपहार देकर लौटता, तब उसकी आँखें गीली हो जाती थीं।

सन् '30 में उसी भृत्य को देखकर मुझे अपना बचपन और उसे अपनी ममता से घेरे हुए रामा इस तरह स्मरण आये कि अतीत की अधूरी कथा लिखने के लिए मन आकुल हो उठा। फिर धीरे-धीरे रामा का परिवार बढ़ता गया और अतीत-चित्रों में वर्तमान के चित्र भी सम्मिलित होते गये। उद्देश्य केवल यही था कि जब समय अपनी तूलिका फेर कर इन अतीत-चित्रों की चमक मिटा दे, तब इन संस्मरणों के धुँधले आलाक में मैं उन्हें फिर पहचान सकूँ।

इनके प्रकाशन के सम्बन्ध में मैंने कभी कुछ सोचा ही नहीं। चिन्ता की प्रत्येक उलझन और भावना के हर एक स्पन्दन के साथ छापाखाने का सुरम्य चित्र मेरे सामने नहीं आता। इसके अतिरिक्त इन संस्मरणों के आधार प्रदर्शनी की वस्तु न होकर मेरी अक्षय ममता के पात्र रहे हैं। उन्हें दूसरों से आदर मिल सकेगा, इसकी परीक्षा से प्रतीक्षा रुचिकर जान पड़ी।

इन स्मृति-चित्रों में मेरा जीवन भी आ गया है। यह स्वाभाविक भी था। अँधेरे की वस्तुओं को हम अपने प्रकाश की धुँधली या उजली परिधि में लाकर ही देख पाते हैं। उसके बाहर तो वे अनन्त अन्धकार के अंश हैं। पर जीवन की परिधि के भीतर खड़े होकर चरित्र-जैसा परिचय दे पाते हैं, वह बाहर रूपान्तरित हो जायेगा। फिर जिस

परिचय के लिए कहानीकार अपने कल्पित पात्रों को वास्तविकता से सजाकर निकट लाता है, उसी परिचय के लिए मैं अपने पथ के साथियों को कल्पना का परिधान पहनाकर दूरी की सृष्टि क्यों करती! परन्तु मेरा निकटता-जनित आत्म-विज्ञापन उस राख से अधिक महत्त्व नहीं रखता, जो आग को बहुत समय तक सजीव रखने के लिए ही अंगारों को घेरे रहती है। जो इसके पार नहीं देख सकता, वह इन चित्रों के हृदय तक नहीं पहुँच सकता।

प्रस्तुत संग्रह में ग्यारह संस्मरण-कथाएँ जा सकी हैं। उनसे पाठकों का सस्ता मनोरंजन हो सके, ऐसी कामना करके मैं इन क्षत-विक्षत जीवनों को खिलौनों की हाट में नहीं रखना चाहती। यदि इन अधूरी रेखाओं और धुँधले रंगों की समष्टि में किसी को अपनी छाया की एक रेखा भी मिल सके, तो यह सफल है अथवा अपनी स्मृति की सुरक्षित सीमा से इसे बाहर लाकर मैंने अन्याय ही किया है।

—महादेवी

जन्माष्टमी '41
प्रयाग

रामा

रामा हमारे यहाँ कब आया, यह न मैं बता सकती हूँ और न मेरे भाई-बहिन। बचपन में जिस प्रकार हम बाबूजी की विविधता भरी मेज से परिचित थे, जिसके नीचे दोपहर के सन्नाटे में हमारे खिलौनों की सृष्टि बसती थी, अपने लोहे के स्प्रिंगदार विशाल पलँग को जानते थे, जिस पर सोकर हम कच्छ-मत्स्यावतार जैसे लगते थे और माँ के शंख-घड़ियाल से घिरे ठाकुर जी को पहचानते थे, जिनका भोग अपने मुँह में अन्तर्धान कर लेने के प्रयत्न में हम आधी आँखें मींच कर बगुले के मनोयोग से घंटी की टन-टन गिनते थे, उसी प्रकार नाटे, काले और गठे शरीर वाले रामा के बड़े नखों से लम्बी शिखा तक हमारा सनातन परिचय था।

साँप के पेट जैसी सफेद हथेली और पेड़ की टेढ़ी-मेढ़ी गाँठदार टहनियों जैसी उँगलियों वाले हाथ की रेखा-रेखा हमारी जानी-बूझी थी, क्योंकि मुँह धोने से लेकर सोने के समय तक हमारा उससे जो विग्रह चलता रहता था, उसकी स्थायी संधि केवल कहानी सुनते समय होती थी। दस भिन्न दिशाएँ खोजती हुई उँगलियों के बिखरे कुटुम्ब को बड़े-बूढ़े के समान सँभाले हुए काले स्थूल पैरों की आहट तक हम जान गए थे, क्योंकि कोई नटखटपन करके हौले से भागने पर भी वे मानो पंख लगाकर हमारे छिपने के स्थान में जा पहुँचते थे।

शैशव की स्मृतियों में एक विचित्रता है। जब हमारी भावप्रवणता गम्भीर और प्रशान्त होती है, तब अतीत की रेखाएँ कुहरे में से स्पष्ट होती हुई वस्तुओं के समान अनायास ही स्पष्ट-से-स्पष्टतर होने लगती हैं; पर जिस समय हम तर्क से उनकी उपयोगिता सिद्ध करके हम स्मरण करने बैठते हैं, उस समय पत्थर फेंकने से हट कर मिल जाने वाली, पानी की काई के समान विस्मृति उन्हें फिर-फिर ढक लेती है।

रामा के संकीर्ण माथे पर की खूब घनी भौंहें और छोटी-छोटी स्नेहतरल आँखें कभी-कभी स्मृति-पट पर अंकित हो जाती हैं और कभी धुँधली होते-होते एकदम खो जाती हैं। किसी थके झुँझलाए शिल्पी की अंतिम भूल जैसी अनगढ़ मोटी नाक, साँस के प्रवाह से फैले हुए-से-नथुने मुक्त हँसी से भरकर फूले हुए-से ओठ तथा काले पत्थर

की प्याली में दही की याद दिलाने वाली सघन और सफेद दन्त-पंक्ति के सम्बन्ध में भी यही सत्य है।

रामा के बालों को तो आधे इंच से अधिक बढ़ने का अधिकार ही नहीं था, इसी से उसकी लम्बी शिखा को साम्य की दीक्षा देने के लिए हम कैंची लिए घूमते रहते थे। पर वह शिखा तो म्याऊँ का ठौर थी, क्योंकि न तो उसका स्वामी हमारे जागते हुए सोता था और न उसके जागते हुए हम ऐसे सदनुष्ठान का साहस कर सकते थे।

कदाचित् आज कहना होगा कि रामा कुरूप था; परन्तु तब उससे भव्य साथी की कल्पना भी हमें असह्य थी।

वास्तव में जीवन सौन्दर्य की आत्मा है; पर वह सामञ्जस्य की रेखाओं में जितनी मूर्तिमत्ता पाता है, उतनी विषमता में नहीं। जैसे-जैसे हम बाह्य रूपों की विविधता में उलझते जाते हैं, वैसे-वैसे उनके मूलगत जीवन को भूलते जाते हैं। बालक स्थूल विविधता से विशेष परिचित नहीं होता, इसी से वह केवल जीवन को पहचानता है। जहाँ जीवन से स्नेह-सद्भाव की किरणें फूटती जान पड़ती हैं, वहाँ वह व्यक्ति विषम रेखाओं की उपेक्षा कर डालता है और जहाँ द्वेष, घृणा आदि के धूम से जीवन ढका रहता है, वहाँ पर बाह्य सामञ्जस्य को भी ग्रहण नहीं करता।

इसी से रामा हमें बहुत अच्छा लगता था। जान पड़ता है, उसे भी अपनी कुरूपता का पता नहीं था, तभी तो केवल एक मिर्जई और घुटनों तक ऊँची धोती पहनकर अपनी कुडौलता के अधिकांश की प्रदर्शनी करता रहता था। उसके पास सजने के उपयुक्त सामग्री का अभाव नहीं था, क्योंकि कोठरी में अस्तर लगा लम्बा कुरता, बँधा हुआ साफा, बुन्देलखंडी जूते और गँठीली लाठी किसी शुभ मुहूर्त की प्रतीक्षा करते जान पड़ते थे। उनकी अखण्ड प्रतीक्षा और रामा की अटूट उपेक्षा से द्रवित होकर ही कदाचित् हमारी कार्यकारिणी समिति में यह प्रस्ताव नित्य सर्वमत से पास होता रहता था कि कुरते की बाँहों में लाठी को अटका कर खिलौनों का परदा बनाया जावे, डलिया जैसे साफे को खूँटी से उतारकर उसे गुड़ियों का हिंडोला बनाने का सम्मान दिया जावे और बुन्देलखण्डी जूतों को हौज में डालकर गुड्डों के जल-विहार का स्थायी प्रबन्ध किया जावे; पर रामा अपने अँधेरे दुर्ग में चर्रमर्र स्वर में डाटते हुए द्वार को इतनी ऊँची अर्गला से बन्द रखता था कि हम स्टूल पर खड़े होकर भी छापा न मार सकते थे।

रामा के आगमन की जो कथा हम बड़े होकर सुन सके, वह भी उसी के समान विचित्र हैं एक दिन जब दोपहर को माँ बड़ी पापड़ आदि के अक्षयकोष को धूप दिखा

रही थीं, तब न जाने कब दुर्बल और क्लान्त रामा आँगन के द्वार की देहली पर बैठकर किवाड़ से सिर टिकाकर निचेष्ट हो रहा। उसे भिखारी समझ जब उन्होंने निकट जाकर प्रश्न किया, तब वह 'ए मताई, ए रामा तो भूखन के मारे जो चलो' कहता हुआ उनके पैरों पर लेट गया। दूध-मिठाई आदि का रसायन देकर माँ जब रामा को पुनर्जीवन दे चुकीं, तब समस्या और जटिल हो गयी, क्योंकि भूख तो ऐसा रोग नहीं, जिसमें उपचार का क्रम टूट सके।

वह बुन्देलखंड का ग्रामीण बालक विमाता के अत्याचार से भाग कर माँगता-खाता इन्दौर तक जा पहुँचा था, जहाँ न कोई अपना था और न रहने का ठिकाना। ऐसी स्थिति में रामा यदि माँ की ममता का सहज ही अधिकारी बन बैठा, तो आश्चर्य क्या!

उस दिन सन्ध्या समय जब बाबूजी लौटे, तब लकड़ी रखने की कोठरी के एक कोने में रामा के बड़े-बड़े जूते विश्राम कर रहे थे और दूसरे में लम्बी लाठी समाधिस्थ थी। और हाथ-मुँह धोकर नये सेवाव्रत में दीक्षित रामा हक्का-बक्का सा अपने कर्त्तव्य का अर्थ और सीमा समझने में लगा हुआ था।

बाबूजी तो उसके अपरूप को देखकर ही विस्मय-विमुग्ध हो गये। हँसते-हँसते पूछा—यह किस लोक का जीव ले आए हैं धर्मराज जी! माँ के कारण हमारा घर अच्छा-खासा 'जू' बना रहता था। बाबूजी जब लौटते, तब प्रायः कभी कोई लँगड़ा भिखारी बाहर के दालान में भोजन करता रहता, कभी कोई सूरदास पिछवाड़े के द्वार पर खँजड़ी बजाकर भजन सुनाता होता, कभी पड़ोस का कोई दरिद्र बालक नया कुरता पहन कर आँगन में चौकड़ी भरता दिखाई देता और कभी कोई वृद्धा ब्राह्मणी भंडारघर की देहली पर सीधा गठियाते मिलती।

बाबू जी ने माँ के किसी कार्य के प्रति कभी कोई विरक्ति नहीं प्रकट की; पर उन्हें चिढ़ाने में वे सुख का अनुभव करते थे।

रामा को भी उन्होंने क्षण भर का अतिथि समझा, पर माँ शीघ्रता में कोई उत्तर न खोज पाने के कारण बहुत उद्विग्न होकर कह उठीं—मैंने खास अपने लिए इसे नौकर रख लिया है।

जो व्यक्ति कई नौकरों के रहते हुए भी क्षण भर विश्राम नहीं करता, वह केवल अपने लिए नौकर रखे, यही कम आश्चर्य की बात नहीं, उस पर ऐसा विचित्र नौकर! बाबूजी का हँसते-हँसते बुरा हाल हो गया। विनोद से कहा, 'ठीक ही है, नास्तिक जिनसे डर जावें, ऐसा खास साँचे में ढले सेवक ही तो धर्मराज जी की सेवा में रह

सकते हैं।'

उन्हें अज्ञातकुलशील रामा पर विश्वास नहीं हुआ; पर माँ से तर्क करना व्यर्थ होता, क्योंकि वे किसी की पात्रता-अपात्रता का मापदण्ड अपनी सहज समवेदना ही को मानती थीं। रामा की कुरूपता का आवरण भेदकर उनकी सहानुभूति ने जिस सरल हृदय को परख लिया; उसमें अक्षय सौन्दर्य न होगा, ऐसा सन्देह उनके लिए असम्भव था।

इस प्रकार रामा हमारे यहाँ रह गया, पर उसका कर्त्तव्य निश्चित करने की समस्या नहीं सुलझी।

सब कामों के लिए पुराने नौकर थे और अपने पूजा और रसोईघर का कार्य माँ किसी को सौंप ही नहीं सकती थीं। आरती, पूजा आदि के सम्बन्ध में उनका नियम निश्चित और अपवादहीन था, भोजन बनाने के सम्बन्ध में उससे कम नहीं।

एक ओर यदि उन्हें विश्वास था कि उपासना उनकी आत्मा के लिए अनिवार्य है, तो दूसरी ओर दृढ़ धारणा थी कि उनका स्वयं भोजन बनाना हम सबके शरीर के लिए नितान्त आवश्यक है।

हम सब एक-दूसरे से दो-दो वर्ष छोटे-बड़े थे, अतः हमारे अबोध और समझदार होने के समय में विशेष अन्तर नहीं रहा। निरन्तर यज्ञ-ध्वंस में लगे दानवों के समान हम माँ के सभी महान् अनुष्ठानों में बाधा डालने की ताक में मँडराते रहते थे, इसी से रामा को, हम विद्रोहियों को वश में रखने का गुरु-कर्त्तव्य सौंप कर कुछ निश्चिन्त हो सकीं।

रामा सबेरे ही पूजाघर साफ कर वहाँ के बर्तनों को नीबू से चमका देता—तब वह हमें उठाने जाता। उस बड़े पलँग पर सबेरे तक हमारे सिर-पैर की दिशा और स्थितियों में न जाने कितने उलट-फेर हो चुकते थे। किसी की गर्दन को किसी का पाँव नापता रहता था, किसी के हाथ पर किसी का सर्वांग तुलता होता था और किसी की साँस रोकने के लिए किसी की पीठ की दीवार बनी मिलती थी। सब परिस्थितियों का ठीक-ठीक ज्ञान प्राप्त करने के लिए रामा का कठोर हाथ कोमलता के छद्मवेश में, रजाई या चादर पर एक छोर से दूसरे छोर तक घूम आता था और तब वह किसी को गोद के रथ, किसी को कंधे के घोड़े पर तथा किसी को पैदल ही, मुख-प्रक्षालन-जैसे समारोह के लिए ले जाता।

हमारा मुँह-हाथ धुलाना कोई सहज अनुष्ठान नहीं था, क्योंकि रामा को 'दूध बताशा राजा खाय' का महामन्त्र तो लगातार जपना ही पड़ता था, साथ ही हम एक-

दूसरे का राजा बनना भी स्वीकार नहीं करना चाहते थे। रामा जब मुझे राजा कहता, तब नन्हें बाबू चिड़िया की चोंच जैसा मुँह खोलकर बोल उठता—'लामा इन्हें कौं लाजा कहते हो?' र कहने में भी असमर्थ उस छोटे पुरुष का दम्भ कदाचित् मुझे बहुत अस्थिर कर देता था। रामा के एक हाथ की चक्रव्यूह जैसी उँगलियों में मेरा सिर अटका रहता था और उसके दूसरे हाथ की तीन गहरी रेखाओं वाली हथेली सुदर्शनचक्र के समान मेरे मुख पर मलिनता की खोज में घूमती रहती थी। इतना कष्ट सहकर भी दूसरों को राजत्व का अधिकारी मानना अपनी असमर्थता का ढिंढोरा पीटना था, इसी से मैं साम-दाम-दण्ड-भेद के द्वारा रामा को बाध्य कर देती कि वह केवल मुझी को राजा कहे। रामा ऐसे महारथियों को सन्तुष्ट करने का अमोघ मन्त्र जानता था। वह मेरे कान में हौले से कहता—"तुमई बड्डे राजा हौ जू, नन्हें नइयाँ' और कदाचित् यही नन्हें के कान में भी दोहराया जाता, क्योंकि वह उत्फुल्ल होकर मंजन की डिबिया में नन्हीं उँगली डालकर दाँतों के स्थान में ओंठ माँचने लगता। ऐसे काम के लिए रामा का घोर निषेध था, इसी से मैं उसे गर्व से देखती; मानो वह सेनापति की आज्ञा का उल्लंघन करने वाला मूर्ख सैनिक हो।

तब हम तीनों मूर्तियाँ एक पंक्ति में प्रतिष्ठित कर दी जातीं और रामा छोटे-बड़े चम्मच, दूध का प्याला, फलों की तश्तरी आदि लेकर ऐसे विचित्र और अपनी-अपनी श्रेष्ठता प्रमाणित करने के लिये व्याकुल देवताओं की अर्चना के लिए सामने आ बैठता। पर वह था बड़ा घाघ पुजारी। न जाने किस साधना के बल से देवताओं को आँख मूँदकर कौव्वे द्वारा पुजापा पाने को उत्सुक कर देता। जैसे ही हम आँखें मूँदते वैसे ही किसी के मुँह में अंगूर, किसी के दाँतों में बिस्कुट और किसी के ओठों में दूध का चम्मच जा पहुँचता। न देखने का तो अभिनय ही था, क्योंकि हम सभी अधखुली आँखों से रामा की काली, मोटी, उँगलियों की कलाबाजी देखते ही रहते थे। और सच तो यह है कि मुझे कौव्वे की काली कठोर और अपरिचित चोंच से भय लगता था। यदि कुछ खुली आँखों से मैं काल्पनिक कौव्वे और उसकी चोंच में रामा के हाथ और उँगलियों को न पहचान लेती तो मेरा भोग का लालच छोड़कर उठ भागना अवश्यम्भावी था।

जलपान का विधान समाप्त होते ही रामा की तपस्या की इति नहीं हो जाती थी। नहाते समय आँख को साबुन के फेन से तरंगित और कान को सूखा द्वीप बनने से बचाना, कपड़े पहनते समय उनके उलटे-सीधे रूपों में अतर्क वर्ण-व्यवस्था बनाये रहना, खाते समय भोजन की मात्रा और भोक्ता की सीमा में अन्याय न होने देना, खेलते समय यथावश्यकता हमारे हाथी, घोड़ा, उड़नखटोला आदि के अभाव को दूर

करना और सोते समय हम पर पंख जैसे हाथों को फैलाकर कथा सुनाते-सुनाते हमें स्वप्न-लोक के द्वार तक पहुँचा आना रामा का ही कर्त्तव्य था।

हम पर रामा की ममता जितनी अथाह थी, उस पर हमारा अत्याचार भी उतना ही सीमाहीन था। एक दिन दशहरे का मेला देखने का हठ करने पर रामा बहुत अनुनय-विनय के उपरान्त माँ से, हमें कुछ देर के लिए ले जाने की अनुमति पा सका। खिलौने खरीदने के लिए जब उसने एक को कंधे पर बैठाया और दूसरे को गोद लिया, तब मुझे उँगली पकड़ाते हुए बार-बार कहा—'उँगरिया जिन छोड़ियो राजा भइया' सिर हिलाकर स्वीकृति देते-देते ही मैंने उँगली छोड़कर मेला देखने का निश्चय कर लिया। भटकते-भटकते और दबने से बचते-बचते जब मुझे भूख लगी, तब रामा का स्मरण आना स्वाभाविक था। एक मिठाई की दूकान पर खड़े होकर मैंने यथासम्भव उद्विग्नता छिपाते हुए प्रश्न किया—'क्या तुमने रामा को देखा है? वह खो गया है।' बूढ़े हलवाई ने धुँधली आँखों में वात्सल्य भरकर पूछा—'कैसा है तुम्हारा रामा? मैंने ओठ दबाकर सन्तोष के साथ कहा—'बहुत अच्छा है।' इस हुलिया से रामा को पहचान लेना कितना असम्भव था, यह जानकर ही कदाचित् वृद्ध कुछ देर वहीं विश्राम कर लेने के लिए आग्रह करने लगा। मैं हार तो मानना नहीं चाहती थी, परन्तु पाँव थक चुके थे और मिठाइयों से सजे थालों में कुछ कम निमन्त्रण नहीं था, इसी से दूकान के एक कोने में बिछे टाट पर सम्मान्य अतिथि की मुद्रा में बैठकर मैं बूढ़े से मिली मिठाई रूपी अर्घ्य को स्वीकार करते हुए उसे अपनी महान यात्रा की कथा सुनाने लगी।

वहाँ मुझे ढूँढ़ते-ढूँढ़ते रामा के प्राण कण्ठगत हो रहे थे। सन्ध्या समय जब सबसे पूछते-पूछते बड़ी कठिनाई से रामा उस दुकान के सामने पहुँचा, तब मैंने विजय-गर्व से फूलकर कहा—'तुम इतने बड़े होकर भी खो जाते हो रामा!' रामा के कुम्हलाए मुख पर ओस के बिन्दु जैसे आनन्द के आँसू ढुलक पड़े। वह मुझे घुमा-घुमा कर सब ओर से इस प्रकार देखने लगा, गानो गेरा कोई अंग मेले में छूट गया हो। घर लौटने पर पता चला कि बड़ों के कोश में छोटों की ऐसी वीरता का नाम अपराध है, पर मेरे अपराध को अपने ऊपर लेकर डाँट-फटकार भी रामा ने ही सही और हम सबको सुलाते समय उसकी वात्सल्य भरी थपकियों का विशेष लक्ष्य भी मैं ही रही।

एक बार अपनी और पराई वस्तु का सूक्ष्म और गूढ़ अन्तर स्पष्ट करने के लिए रामा चतुर भाष्यकार बना। बस फिर क्या था! वहाँ से कौन-सी पराई चीज लाकर रामा की छोटी आँखों को निराश विस्मय से लबालब भर दें, इसी चिन्ता में हमारे

मस्तिष्क एकबारगी क्रियाशील हो उठे।

हमारे घर से एक ठाकुर साहब का घर कुछ इस तरह मिला हुआ था कि एक छत से दूसरी छत तक पहुँचा जा सकता था—हाँ, राह एक बालिश्त चौड़ी मुँडेर मात्र थी, जहाँ से पैर फिसलने पर पाताल नाप लेना सहज हो जाता।

उस घर के आँगन में लगे फूल, पराई वस्तु की परिभाषा में आ सकते हैं, यह निश्चित कर लेने के उपरान्त हम लोग एक दोपहर को, केवल रामा को खिझाने के लिए उस आकाशमार्ग से फूल चुराने चले। किसी का भी पैर फिसल जाता तो कथा और ही होती, पर भाग्य से हम दूसरी छत तक सकुशल पहुँच गये। नीचे के जीने की अन्तिम सीढ़ी पर एक कुत्ती नन्हें-नन्हें बच्चे लिए बैठी थी; जिन्हें देखते ही, हमें वस्तु के सम्बन्ध में अपना निश्चय बदलना पड़ा; पर ज्योंही हमने एक पिल्ला उठाया, त्योंही वह निरीह-सी माता अपने इच्छा भरे अधिकार की घोषणा से धरती-आकाश एक करने लगी। बैठक में जब कुछ अस्त-व्यस्त भाववाले गृहस्वामी निकल आये और शयनागार से जब आलस्य भरी गृहस्वामिनी दौड़ पड़ीं, तब हम बड़े असमञ्जस में पड़ गए। ऐसी स्थिति में क्या किया जाता है, यह तो रामा के व्याख्यान में था ही नहीं, अतः हमने अपनी बुद्धि का सहारा लेकर सारा मन्तव्य प्रकट कर दिया, कहा—'हम छत की राह से फूल चुराने आये हैं।' गृहस्वामी हँस पड़े। पूछा—'लेते क्यों नहीं?' उत्तर और गम्भीर मिला 'अब कुत्ती का पिल्ला चुरायेंगे।' पिल्ले को दबाये हुए जब तक हम उचित मार्ग से लौटे तब तक रामा ने हमारी डकैती का पता लगा लिया था। अपने उपदेश-रूपी अमृतवृक्ष में यह विषफल लगते देख, वह एकदम अस्थिर हो उठा होगा, क्योंकि उसने आकाशी डाकुओं के सरदार को दोनों कानों से पकड़ कर अधर में उठाते हुए पूछा—'कहो जू, कहो जू, किते गये रहे?' पिनपिन करके रोना मुझे बहुत अपमानजनक लगता था, इसी से दाँतों से ओठ दबाकर मैंने यह अभूतपूर्व दण्ड सहा और फिर बहुत संयत क्रोध के साथ माँ से कहा—'रामा ने मेरे कान खींचकर टेढ़े भी कर दिये हैं और बड़े भी—अब डाक्टर को बुलवाकर इन्हें ठीक करवा दो और रामा को अँधेरी कोठरी में बंद कर दो।' वे तो हमारे अपराध से अपरिचित थीं और रामा प्राण रहते बता नहीं सकता था, इसलिए उसे बच्चों से दुर्व्यवहार न करने के सम्बन्ध में एक मनोवैज्ञानिक उपदेश सुनना पड़ा। वह अपने व्यवहार के लिए सचमुच बहुत लज्जित था; पर जितना ही वह मनाने का प्रयत्न करता था, उतना ही उसके राजा भइया को कान का दर्द याद आता था। फिर भी सन्ध्या समय रामा को खिन्न मुद्रा में बाहर बैठा देखकर मैंने 'गीत सुनाओ' कहकर सन्धि का प्रस्ताव कर ही दिया। रामा को एक भजन भर आता था, 'ऐसो सिय रघुवीर

भरोसो' और उसे वह जिस प्रकार गाता था, उससे पेड़ पर के चिड़ियाँ-कौवे तक उड़ सकते थे; परन्तु हम लोग उस अपूर्व गायक के अद्भुत श्रोता थे—रामा केवल हमारे लिए गाता और हम लोग केवल उसके लिए सुनते थे।

मेरा बचपन समकालीन बालिकाओं से कुछ भिन्न रहा, इसी से रामा का उसमें विशेष महत्त्व है।

उस समय परिवार में कन्याओं की अभ्यर्थना नहीं होती थी। आँगन में गानेवालियाँ, द्वार पर नौबतवाले और परिवार के बूढ़े से लेकर बालक तक सब पुत्र की प्रतीक्षा में बैठे रहते थे। जैसे ही दबे स्वर से लक्ष्मी के आगमन का समाचार दिया गया, वैसे ही घर के एक कोने से दूसरे तक दरिद्र निराशा व्याप्त हो गई। बड़ी-बूढ़ियाँ संकेत से मूक गानेवालियों को जाने के लिए कह देतीं और बड़े-बूढ़े इशारे से नीरव बाजे वालो को बिदा देते—यदि ऐसे अतिथि का भार उठाना परिवार की शक्ति से बाहर होता, तो उसे बैरंग लौटा देने के उपाय भी सहज थे।

हमारे कुल में कब ऐसा हुआ यह तो पता नहीं; पर जब दीर्घकाल तक कोई देवी नहीं पधारीं, तब चिन्ता होने लगी, क्योंकि जैसे अश्व के बिना अश्वमेध नहीं हो सकता, वैसे ही कन्या के बिना कन्यादान का महायज्ञ सम्भव नहीं।

बहुत प्रतीक्षा के उपरान्त जब मेरा जन्म हुआ, तब बाबा ने इसे अपनी कुल देवी दुर्गा का विशेष अनुग्रह समझा और आदर प्रदर्शित करने के लिए अपना फारसी ज्ञान भूलकर एक ऐसा पौराणिक नाम ढूँढ़ लाये, जिसकी विशालता के सामने कोई मुझे छोटा मोटा घर का नाम देने का भी साहस न कर सका। कहना व्यर्थ है कि नाम के उपयुक्त बनाने के लिए सब बचपन से ही मेरे मस्तिष्क में इतनी विद्या-बुद्धि भरने लगे कि मेरा अबोध मन विद्रोही हो उठा। निरक्षर रामा की स्नेह छाया के बिना मैं जीवन की सरलता से परिचित हो सकती थी या नहीं, इसमें सन्देह है। मेरी पट्टी पुज चुकी थी और मैं 'आ' पर उँगली रखकर आदमी के स्थान में आम, आलमारी, आज आदि के द्वारा मन की बात कह लेती थी। ऐसी दशा मे मैं अपने भाई-बहिनों के निकट शुक्राचार्य से कम महत्त्व नहीं रखती थी। मुझे उनके सभी कार्यों का समर्थन या विरोध पुस्तक में ढूँढ़ लेने की क्षमता प्राप्त थी और मेरी इस क्षमता के कारण उन्हें निरन्तर सतर्क रहना पड़ता था। नन्हें बाबू उछला नहीं कि मैंने किताब खोलकर पढ़ा 'बन्दर नाच दिखाने आया', मुन्नी रूठी नहीं कि मैंने सुनाया 'रूठी लड़की कौन मनावे, गरज पड़े तब दौड़ी आवे।' वे बेचारे मेरे शास्त्रज्ञान से बहुत चिन्तित रहते थे; क्योंकि मेरे किसी कार्य के लिए दृष्टान्त ढूँढ़ लेने के साधन उनके पास नहीं थे। पर अक्षरज्ञानी

शुक्राचार्य निरक्षर रामा से पराजित हो जाते थे। उसके पास कथा, कहानी और कहावत आदि का जैसा बृहत् कोष था, वैसा सौ पुस्तकों में भी न समाता। इसी से जब मेरा शास्त्र-ज्ञान महाभारत का कारण बनता, तब वह न्यायाधीश होकर और अपना निर्णय सबके कान में सुनाकर तुरन्त सन्धि करा देता।

मेरे पण्डितजी से रामा का कोई विरोध न था; पर जब खिलौनों के बीच ही में मौलवी साहब, संगीत-शिक्षक और ड्राइंग-मास्टर का आविर्भाव हुआ तब रामा का हृदय क्षोभ से भर गया। कदाचित् वह जानता था कि इतनी योग्यता का भार मुझसे न सँभल सकेगा।

मौलवी साहब से तो मैं इतना डरने लगी थी कि एक दिन पढ़ने से बचने के लिए बड़े से झाबे में छिपकर बैठना पड़ा। अभाग्य से झाबा वही था जिसमें बाबा के भेजे आमों में से दो-चार शेष भी थे। उन्हें निकालकर कुछ और भरने के लिए रामा जब पूरे झाबे को, उसके भारीपन पर विस्मित होता हुआ, माँ के सामने उठा लाया तब समस्या बहुत जटिल हो गयी। जैसे ही उसने ढक्कन हटाया कि मुझे पलायमान होने के अतिरिक्त कुछ न सूझा। अन्त में रामा और माँ के प्रयत्न ने मुझे उर्दू पढ़ने से छुट्टी दिला दी।

ड्राइंग-मास्टर से मुझे कोई शिकायत नहीं रही, क्योंकि वे खेलने से रोकते नहीं थे। सब कागजों पर दो लकीरें सीधी खड़ी करके और उन पर एक गोला रख कर मैं रामा का चित्र बना देती थी—जब किसी और का बनाना होता, तब इसी ढाँचें में कुछ पच्चीकारी कर दी जाती थी।

नारायण महाराज से न मैं प्रसन्न रहती थी न रामा। जब उन्होंने पहले दिन संगीत सीखने के सम्बन्ध में मुझसे प्रश्न किया, तब मैंने बहुत विश्वास के साथ बता दिया कि मैं रामा से सीखती हूँ—जब उन्होंने सुनाने का अनुरोध किया, तब मैंने रामा का वही भजन ऐसा विचित्र भाव-भंगिमा से सुना दिया कि वे अवाक् हो रहे। उस पर भी जब उन्होंने मेरे सेवक गुरु रामा को अपने से बड़ा और योग्य गायक नहीं माना, तब मेरा अप्रसन्न हो जाना स्वाभाविक था।

रामा के बिना भी संसार का काम चल सकता है, यह हम नहीं मान सकते थे। माँ जब दस-पन्द्रह दिन के लिए नानी को देखने जातीं। तब रामा को घर और बाबूजी की देख-भाल के लिए रहना पड़ता था। बिना रामा के हम जाने के लिए किसी प्रकार भी प्रस्तुत नहीं होते, अतः वे हमें भी छोड़ जातीं।

बीमारी के सम्बन्ध में रामा से अधिक सेवापरायण और सावधान व्यक्ति मिलना

कठिन था। एक बार जब छोटे भाई के चेचक निकली, तब वह शेष को लेकर ऊपर के खण्ड में इस तरह रहा कि हमें भाई का स्मरण ही नहीं आया। रामा की सावधानी के कारण ही मुझे कभी चेचक नहीं निकली।

एक बार और उसी के कारण मैं एक भयानक रोग से बच सकी हूँ। इन्दौर में प्लेग फैला हुआ था और हम शहर से बाहर रहते थे। माँ और कुछ महीनों की अवस्था वाला छोटा भाई इतना बीमार था कि बाबूजी हम तीनों को खोज खबर लेने का अवकाश कम पाते थे। ऐसे अवसरों पर रामा अपने स्नेह से हमें इस प्रकार घेर लेता था कि और किसी अभाव की अनुभूति ही असम्भव हो जाती थी।

जब हम सघन आम की डाल में पड़े झूले पर बैठकर रामा की विचित्र कथाओं को बड़ी तन्मयता से सुनते थे, तभी एक दिन हल्के से ज्वर के साथ मेरे कान के पास गिल्टी निकल आयी। रामा ने एक बुढ़िया की कहानी सुनाई थी जिसके फूले पैर में से भगवान ने एक वीर मेंढक उत्पन्न कर दिया था। मैंने रामा को यह समाचार देते हुए कहा—'मालूम होता है कि मेरे कान से कहानी वाला मेंढक निकलेगा।' वह बेचारा तो सन्न हो गया। फिर ईंट के गर्म टुकड़े को गीले कपड़े में लपेट कर उसने उसे कितना सेंका यह बताना कठिन है। सेंकते-सेंकते वह न जाने क्या बड़बड़ाता रहता था जिसमें कभी देवी, कभी हनुमान, कभी और भगवान का नाम सुनाई दे जाता था। दो दिन और दो रात वह मेरे बिछौने के पास से हटा ही नहीं—तीसरे दिन मेरी गिल्टी बैठ गई, पर रामा को तेज बुखार चढ़ आया। उसके गिल्टी निकली, चीरी गयी और वह बहुत बीमार रहा; पर उसे संतोष था कि मैं सब कष्टों से बच गई। जब दुर्बल रामा के बिछौने के पास माँ हमें ले जा सकीं, तब हमें देख कर उसके सूखे होंठ मानो हँसी से भर आये, धँसी आँखें, उत्साह में तैरने लगीं और शिथिल शरीर में एक स्फूर्ति तरंगित हो उठी। माँ ने कहा—'तुमने इसे बचा लिया था रामा! जो हम तुम्हें न बचा पाते तो जीवन-भर पछतावा रह जाता।' उत्तर में रामा बढ़े हुए नाखूनवाले हाथ से माँ के पैर छूकर अपनी आँखें पोंछने लगा। रामा जब अच्छा हो गया, तब माँ प्रायः कहने लगीं—'रामा, अब तुम घर बसा लो जिससे बाल-बच्चों का सुख देख सको।' 'बाई की बातें! मोय नासमिटे अपनन खौं का करने हैं, मोरे राजा हरे बने रहें—जेई अपने रामा की नैया पार लगा देहें' ही रामा का उत्तर रहता था। वह अपने भावी बच्चों को लक्ष्य कर इतनी बातें सुनाता था कि हम उसके बच्चों की हवाई स्थिति से ही परिचित नहीं हो गये थे, उन्हें अपने प्रतिद्वन्द्वी के रूप में भी पहचान गये थे। हमें विश्वास था कि यदि उसके बच्चे हमारे जैसे होते, तो वह उन्हें कभी नासमिटा, मुँहझौसा आदि कहकर स्मरण न करता।

फिर एक दिन जब अपनी कोठरी से लाठी, जूता आदि निकाल कर और गुलाबी साफा बाँधकर रामा आँगन में आ खड़ा हुआ, तब हम सब बहुत सभीत हो गए; क्योंकि ऐसी सज-धज में तो हमने उसे कभी देखा ही नहीं था। लाठी पर सन्देह भरी दृष्टि डालकर मैंने पूछ ही तो लिया—'क्या तुम उन बाल-बच्चों को पीटने जा रहे हो रामा?' रामा ने लाठी घुमाकर हँसते-हँसते उत्तर दिया—'हाँ राजा भइया, ऐसी देंहों नासमिटन के' पर रामा चला गया और न जाने कितने दिनों तक हमें कल्लू की माँ के कठोर हाथों से बचने के लिए नित्य नवीन उपाय सोचने पड़े।

हमारे लिए अनन्त और दूसरे के लिए कुछ समय के उपरान्त एक दिन सबेरे ही केसरिया साफा और गुलाबी धोती में सजा हुआ रामा दरवाजे पर आ खड़ा हुआ और 'राजा भइया, राजा भइया' पुकारने लगा। हम सब गिरते-पड़ते दौड़ पड़े; पर बरामदे में सहमकर अटक रहे। रामा तो अकेला नहीं था। उसके पीछे एक लाल धोती का कछौटा लगाये और हाथ में चूड़े और पाँव में पैंजन पहने, जो घूँघटवाली स्त्री खड़ी थी, उसने हमें एक साथ ही उत्सुक और सशंकित कर दिया।

मुन्नी जब रामा के कुरते को पकड़कर झूलने लगी, तब नाक की नोक को छू लेने वाले घूँघट में से दो तीक्ष्ण आँखें उसके कार्य का मूक विरोध करने लगीं। नन्हें जब रामा के कन्धे पर आसीन होने के लिए जिद करने लगा, तब घूँघट में छिपे सिर में एक निषेध-सूचक कम्पन जान पड़ा, और जब मैंने झुक कर उस नवीन मुख को देखना चाहा, तब वह मूर्ति घूमकर खड़ी हो गयी। भला ऐसे आगन्तुक से हम कैसे प्रसन्न हो सकते थे। जैसे-जैसे समय बीतता गया, वैसे-वैसे रामा की अँधेरी कोठरी में महाभारत के अंकुर जमते गये और हमारे खेल के संसार में सूखा पड़ने की संभावना बढ़ती गयी। हमारे खिलौने के नगर बसाने के लिए रामा विश्वकर्मा भी था और मय-दानव भी; पर अब वह अपने गुरुकर्त्तव्य के लिए अवकाश नहीं पाता था। वह आया नहीं कि घूँघटवाली मूर्ति पीछे-पीछे आ पहुँची और उसके मूक असहयोग से हमारा और रामा का ही नहीं, गुड्डे-गुड़ियों का दम भी घुटने लगता था। इसी से एक दिन हमारी युद्ध-समिति बैठी। राजा को ऊँचे स्थान में बैठना चाहिए; अतः मैं मेज पर चढ़कर धरती तक न पहुँचने वाले पैर हिलाती हुई विराजी, मंत्री महोदय कुर्सी पर आसीन हुए और सेनापतिजी स्टूल पर जमे। तब राजा ने चिन्ता की मुद्रा से कहा—'रामा, इसे क्यों लाया है?' मन्त्रीजी ने गम्भीर भाव से सिर हिलाते हुए दोहराया—'रामा, इसे क्यों लाया है?' और सेनापति महोदय न कह सकने की असमर्थता छिपाने के लिए आँखें तरेरते हुए बोले—'सच है, इछै कौं लाया है?'

फिर उस विचित्र समिति में सर्वमत से निश्चित हुआ कि जो जीव हमारे एकछत्र

अधिकार की अवज्ञा करने आया है, उसे न्याय की मर्यादा के रक्षार्थ दण्ड मिलना ही चाहिये। यह कार्य नियमानुसार सेनापतिजी को सौंपा गया।

रामा की बहू जब रोटी बनाती, तब नन्हें बाबू चुपके से उसके चौके के भीतर बिस्कुट रख आता। जब वह नहाती तब लकड़ी से उसकी सूखी धोती नीचे गिरा देता। इस प्रकार न जाने कितने दण्ड उसे मिलने लगे, पर उसकी ओर से न क्षमा-याचना हुई और न सन्धि का प्रस्ताव आया। केवल वह अपने विरोध में और अधिक दृढ़ हो गयी और हमारे अपकारों का प्रतिशोध बेचारे रामा से लेने लगी। उसके साँवले मुख पर कठोरता का अभेद्य अवगुण्ठन पड़ा ही रहता था और उसकी काली पुतलियों पर से क्रोध की छाया उतरती ही न थी, इसी से हमारे ही समान अबोध रामा पहले हतबुद्धि हो गया, फिर खिन्न रहने लगा और अन्त में विद्रोह कर उठा। कदाचित् उसकी समझ में ही नहीं आता था कि वह अपना सारा समय और स्नेह उस स्त्री के चरणों पर कैसे रख दे, और रख दे तो स्वयं जिये कैसे! फिर एक दिन रामा की बहू रूठकर मायके चल दी।

रामा ने तो मानो किसी अप्रिय बन्धन से मुक्ति पाई, क्योंकि वह हमारी अद्‌भुत सृष्टि का फिर वही चिरप्रसन्न विधाता बनकर बहू को ऐसे भूल गया, जैसे वह पानी की लकीर थी।

पर माँ को अन्याय का कोई भी रूप असह्य था—रामा अपनी पत्नी को हमारे पुराने खिलौने के समान फेंक दे, यह उन्हें बहुत अनुचित जान पड़ा, इसलिए रामा को कर्त्तव्य-ज्ञान सम्बन्धी विषद और जटिल उपदेश मिलने लगे। इस बार रामा के जाने में वही करुण विवशता जान पड़ती थी, जो उस विद्यार्थी में मिलती है, जिसे पिता के स्नेह के कारण मास्टर से पिटने जाना पड़ता है।

उस बार जाकर फिर लौटना सम्भव न हो सका। बहुत दिनों के बाद पता चला कि वह अपने घर बीमार पड़ा है। माँ ने रुपये भेजे, आने के लिए पत्र लिखा; पर उसे जीवन-पथ पर हमारे साथ इतनी ही दूर आना था।

हम सब खिलौने रख कर शून्य दृष्टि से बाहर देखते रह जाते थे। नन्हें बाबू सात समुद्र पार पहुँचना चाहता था; पर उड़नेवाला घोड़ा न मिलने से यात्रा स्थगित हो जाती थी। मुन्नी अपनी रेल पर संसार-भ्रमण करने को विकल थी; पर हरी लाल झंडी दिखाने वाले के बिना उसका चलना-ठहरना संभव नहीं हो सकता था। मुझे गुड़िया का विवाह करना था; पर पुरोहित और प्रबन्धक के बिना शुभ लग्न टलती चली जाती थी।

हमारी संख्या चार तक पहुँचाने वाला छोटा भैया ढाई वर्ष का हो चुका था और हमारे निर्माण को ध्वंस बनाने के अभ्यास में दिनोंदिन तत्पर होता जा रहा था। उसे खिलौने के बीच में प्रतिष्ठित कर हम सब बारी-बारी से रामा की कथा सुनाने के उपरान्त कह देते थे कि रामा जब गुलाबी साफा बाँधकर लाठी लिए हुए लौटेगा, तब तुम गड़बड़ न कर सकोगे। पर हमारी कहानी के उपसंहार के लिए भी रामा कभी न लौटा।

आज मैं इतनी बड़ी हो गयी हूँ कि राजा भइया कहलाने का हठ स्वप्न-सा लगता है, बचपन की कथा-कहानियाँ कल्पना-जैसी जान पड़ती हैं और खिलौनों के संसार का सौन्दर्य भ्रान्ति हो गया है, पर रामा आज भी सत्य है, सुन्दर है और स्मरणीय है। मेरे अतीत में खड़े रामा की विशाल छाया वर्तमान के साथ बढ़ती ही जाती है—निर्वाक, निस्तन्द्र, पर स्नेहतरल।

3 जुलाई, 1920

भाभी

इतने वर्ष बीत जाने पर भी मेरी स्मृति, अतीत के दिन-प्रतिदिन गाढ़े होने वाले धुँधलेपन में एक-एक रेखा खींचकर उस करुण, कोमल मुख को मेरे सामने अंकित ही नहीं सजीव भी कर देती है।

छोटे गोल मुख की तुलना में कुछ अधिक चौड़ा लगनेवाला, पर दो काली रूखी लटों से सीमित ललाट, बचपन और प्रौढ़ता को एक साथ अपने भीतर बन्द कर लेने का प्रयास-सा करती हुई, लम्बी बरौनियोंवाली भारी पलकें और उनकी छाया में डबडबाती हुई-सी आँखें, उस छोटे मुख के लिए भी कुछ छोटी सीधी नाक और मानो अपने ऊपर छपी हुई हँसी से विस्मित होकर कुछ खुले रहनेवाले ओठ समय के प्रवाह से फीके भर हो सके हैं, धुल नहीं सके।

घर के सब उजले मैले, सहज-कठिन कामों के कारण, मलिन रेखा जाल से गुँथी और अपनी शेष लाली को कहीं छिपा रखने का प्रयत्न-सा करती हुई कहीं कोमल, कहीं कठोर हथेलियाँ, काली रेखाओं में जड़े कान्तिहीन नखों से कुछ भारी जान पड़ने वाली पतली उँगलियाँ, हाथों का बोझ सँभालने में भी असमर्थ-सी दुर्बल, रूखी पर गौर बाँहें और मारवाड़ी लहँगे के भारी घेर से थकित-से, एक सहज सुकुमारता का आभास देते हुए-कुछ लम्बी उँगलियों वाले दो छोटे-छोटे पैर, जिनकी एड़ियों में आँगन की मिट्टी की रेखा मटमैले महावर-सी लगती थी, भुलाए भी कैसे जा सकते हैं! उन हाथों ने बचपन में न जाने कितनी बार मेरे उलझे बाल सुलझा कर बड़ी कोमलता से बाँध दिये थे। वे पैर न जाने कितनी बार, अपनी सीखी हुई गम्भीरता भूल कर मेरे लिए द्वार खोलने, आँगन में एक ओर से दूसरी ओर दौड़े थे। किस तरह मेरी अबोध अष्टवर्षीय बुद्धि ने उससे भाभी का सम्बन्ध जोड़ लिया था, यह अब बताना कठिन है। मेरी अनेक सहपाठिनियों के बहुत अच्छी भाभियाँ थीं; कदाचित् उन्हीं की चर्चा सुन-सुनकर मेरे मन ने, जिसने अपनी तो क्या दूर के सम्बन्ध की भी कोई भाभी ने देखी थी, एक ऐसे अभाव की सृष्टि कर ली, जिसको वह मारवाड़ी विधवा वधू दूर कर सकी।

बचपन का वह मिशन स्कूल मुझे अब तक स्मरण है, जहाँ प्रार्थना और

पाठ्यक्रम की एकरसता से मैं इतनी रुआँसी हो जाती थी कि प्रतिदिन घर लौटकर नींद से बेसुध होने तक सबेरे स्कूल न जाने का बहाना सोचने से ही अवकाश न मिलता था।

उन दिनों मेरी ईर्ष्या का मुख्य विषय नौकरानी की लड़की थी, जिसे चौका-बर्तन करके घर में रहने को तो मिल जाता था। जिस कठोर ईश्वर ने मेरे भाग्य में नित्य स्कूल जाना लिख दिया था, वह माँ के ठाकुर जी में से कोई है या मिशन की सिस्टर का ईसू, यह निश्चय न कर सकने के कारण मेरा मन विचित्र दुविधा में पड़ा रहता था। यदि वह माँ के ठाकुरजी में से है, तो आरती पूजा से जी चुराते ही क्रुद्ध होकर मेरे घर रहने का समय और कम कर देगा और यदि स्कूल में है, तो बहाना बनाकर न जाने से पढ़ाई के घंटे और बढ़ा देगा, इसी उधेड़-बुन में मेरा मन पूजा, आरती, प्रार्थना सब में भटकता ही रहता था।

इस अन्धकार में प्रकाश की एक रेखा भी थी। स्कूल निकट होने के कारण बूढ़ी कल्लू की माँ मुझे किताबों के साथ वहाँ पहुँचा भी आती थी और ले भी आती थी और इस आवागमन के बीच में, कभी सड़क पर लड़ते हुए कुत्ते, कभी उनके भटकते हुए पिल्ले, कभी किसी कोने में बैठकर पंजों से मुँह धोती हुई बिल्ली, कभी किसी घर के बरामदे में लटकते हुए पिंजड़े में मनुष्य की स्वर-साधना करता हुआ गंगाराम, कभी बत्तख और तीतरों के झुण्ड, कभी तमाशा दिखलानेवाले के टोपी लगाए हुए बन्दर, ओढ़नी ओढ़े हुए बँदरिया, नाचनेवाला रीछ आदि स्कूल की एकरसता दूर करते ही रहते थे।

हमारे ऊँचे घर से कुछ ही हटकर; एक ओर रंगीन, सफेद, रेशमी और सूती कपड़ों से और दूसरी ओर चमचमाते हुए पीतल के बर्तनों से सजी हुई एक नीची-सी दुकान में जो वृद्ध सेठजी बैठे रहते थे, उन्हें तो मैंने कभी ठीक से देखा ही नहीं; परन्तु उस घर के पीछे वाले द्वार पर पड़े हुए पुराने टाट के परदे के छेद से जो आँखें प्रायः आते-जाते देखती रहती थीं, उनके प्रति मेरा मन एक कुतूहल से भरने लगा। कभी-कभी मन में आता था कि परदे के भीतर झाँक कर देखूँ; पर कल्लू की माँ मेरे लिए उस जन्तु विशेष से कम नहीं थी, जिसकी बात कह-कह कर बच्चों को डराया जाता है। उसका कहना न मानने से वह नहलाते समय मेरे हाल ही में छिदे कान की लौ दुखा सकती थी, चोटी बाँधते समय बालों को खूब खींच सकती थी, कपड़े पहनाते समय तंग गले वाले फ्राक को आँखों पर अटका सकती थी, घर में और स्कूल में मेरी बहुत-सी झूठी-सच्ची शिकायत कर सकती थी—सारांश यह कि उसके पास प्रतिशोध लेने के बहुत-से साधन थे।

परन्तु कल्लू की माँ को चाहे उन आँखों की स्वामिनी से मेरा परिचय न भाता हो; पर उसकी कथा सुनाने में उसे अवश्य रस मिलता रहा। वह अनाथिनी भी है और अभागी भी। बूढ़े सेठ सबके मना करते-करते भी इसे अपने इकलौते लड़के से ब्याह लाये और उसी साल लड़का बिना बीमारी के ही मर गया। अब सेठजी का इसकी चंचलता के मारे नाक में दम है। न इसे कहीं जाने देते हैं, न किसी को अपने घर आने। केवल अमावस-पूनो एक ब्राह्मणी आती है, जिसे वे अपने-आप खड़े रहकर सीधा दिलवा कर विदा कर देते हैं। वे बेचारे तो जाति-बिरादरी में भी इसके लिए बुरे बन गये हैं और इसकी निर्लज्जता देखो—ससुर दुकान में गये नहीं कि वह परदे से लगी नहीं। घर में कोई देखनेवाला है ही नहीं। एक ननद है, जो शहर में ससुराल होने के कारण जब-तब आ जाती है और तब इसकी खूब ठुकाई होती है, इत्यादि-इत्यादि सूचनाएँ कल्लू की माँ की विशेष शब्दावली और विचित्र भाव-भंगिमाओं के साथ मुझे स्कूल तक मिलती रहती थीं। परन्तु उस समय वे सूचनाएँ मेरे निकट उतना ही महत्त्व रखती थीं जितनी नानी से सुनी हुई बेला रानी की कहानी। कथा में बेचैन कर देने वाला सत्य इतना ही था कि कहानी की राजकुमारी की आँखें पुराने टाट के परदे से सुननेवाली बालिका को नित्य ताकती रहती थीं। यह स्थिति तो कुछ सुखद नहीं कही जा सकती। यदि सुनी हुई कहानी के सब राजा, रानी, राजकुमार, राजकुमारी, दैत्य, दानव आदि सुननेवालों को इस प्रकार देखने लगें, तो कहानी सुनने का सब सुख चला जावे, यह कल्लू की माँ की कहानी और परदे के छेद से देखने वाली आँखों ने मुझे समझा दिया था।

भूरे टाट में जड़ी-सी वे काली आँखें मेरी कल्पना का विषय ही बनी रहतीं, यदि एक दिन पानी बरसने से कल्लू की माँ रुक न गयी होती, पानी थमते ही मैं स्कूल से अकेले ही न चल दी होती और गीली सड़क पर उस परदे के सामने ही मेरा पैर न फिसल गया होता। बच्चे गिर कर प्रायः चोट के कारण न रोकर लज्जा से ही रोने लगते हैं। मेरे रोने का भी कदाचित् यही कारण रहा होगा, क्योंकि चोट तो मुझे याद नहीं आती।

कह नहीं सकती कि परदे से निकल कर, कब उन आँखों की स्वामिनी ने मुझे आँगन में खींच लिया; परन्तु सहसा विस्मर ने मेरी रुलाई रुक गयी। एक दुर्बल पर सुकुमार बालिका-जैसी स्त्री अपने अञ्चल से मेरे हाथ और कपड़ों का कीचड़ मिला पानी पोंछ रही थी और भीतर दालान से वृद्ध सेठ का कुछ विस्मित स्वर कह रहा था—'अरे यह तो वर्मा साहब की बाई है!'

उसी दिन से वह घर, जिसमें न एक भी झरोखा था न रोशनदान, न एक भी

नौकर दिखाई देता था, न अतिथि और न एक भी पशु रहता था, न पक्षी, मेरे लिए एक आकर्षण बनने लगे। उस समाधि-जैसे घर मे लोहे के प्राचीर से घिरे फूल के समान वह किशोरी बालिका बिना किसी संगी-साथी, बिना किसी प्रकार के आमोद-प्रमोद के, मानो निरन्तर वृद्ध होने की साधना में लीन थी।

वृद्ध एक ही समय भोजन करते थे और वह तो विधवा ठहरी। दूसरे समय भोजन करना ही यह प्रमाणित कर देने के लिए पर्याप्त था कि उसका मन विधवा के संयम-प्रधान जीवन से ऊबकर किसी विपरीत दिशा में जा रहा है।

प्रायः निराहार और निरन्तर मिताहार से दुर्बल देह से वह कितना परिश्रम करती थी, यह मेरी बालक-बुद्धि से भी छिपा न रहता था। जिस प्रकार उसका खंडहर-जैसे घर और लम्बे-चौड़े आँगन को बैठ-बैठ कर बुहारना, आँगन के कुएँ से अपने और ससुर के स्नान के लिए ठहर-ठहर कर पानी खींचना और धोबी के अभाव में, मैले कपड़ों को काठ की मोगरी से पीटते हुए रुक-रुक कर साफ करना, मेरी हँसी का साधन बनता था, उसी प्रकार केवल जलती लकड़ियों में प्रकाशित, दिन में भी अँधेरी रसोई की कोठरी के घुटते हुए धुएँ में से रह-रह कर आता हुआ खाँसी का स्वर, कुछ गीली और कुछ सूखी राख से चाँदी-सोने के समान चमकाकर तथा कपड़े से पोंछकर (मारवाड़ में काम में लाने के समय बर्तन पानी से धोए जाते हैं) रखते समय शिथिल उँगलियों से छूटते हुए बर्तनों की झनझनाहट मेरे मन में एक नया विषाद भर देती थी।

परन्तु काम चाहे कैसा ही कठिन रहा हो, शरीर चाहे कितना ही क्लान्त रहा हो, मैंने न कभी उसकी हँसी से आभासित मुख-मुद्रा में अन्तर पड़ते देखा और न कभी काम रुकते देखा। और इतने काम में भी उस अभागी का दिन द्रौपदी के चीर से होड़ लेता था। सबेरे स्नान, तुलसी-पूजा आदि में कुछ समय बिताकर ही वह अपने अँधेरे रसोईघर में पहुँचती थी; परन्तु दस बजते-बजते ससुर को खिला-पिला कर, उस टाट के परदे से मुझे शाम को आने का निमन्त्रण देने के लिए स्वतन्त्र हो जाती थी। उसके बाद चौका-बर्तन, कूटना-पीसना भी समाप्त हो जाता; परन्तु तब भी दिन का अधिक नहीं तो एक प्रहर शेष रह ही जाता था। दूकान की ओर जाने का निषेध होने के कारण वह अवकाश का समय उसी टाट के परदे के पास बिता देती थी, जहाँ से कुछ मकानों के पिछवाड़े और एक-दो आते-जाते व्यक्ति ही दिख सकते थे; परन्तु इतना ही उसकी चञ्चलता का ढिंढोरा पीटने के लिए पर्याप्त था।

उस 19 वर्ष की युवती की दयनीयता आज समझ पाती हूँ, जिसके जीवन के सुनहरे स्वप्न गुड़ियों के घरौंदे के समान दुर्दिन की वर्षा में केवल बह ही नहीं गये,

वरन् उसे इतना एकाकी छोड़ गये कि उन स्वप्नों की कथा कहना भी सम्भव न हो सका।

ऐसी दशा में उसने आठ वर्ष की बालिका को ही अपने संगीहीन हृदय की सारी ममता सौंप दी; परन्तु वह बालिका तो उसके संसार में प्रवेश करने में असमर्थ थी, इसी से उसने उसी गुड़ियोंवाले संसार को अपनाया।

वृद्ध भी अपनी बहू के लिए ऐसा निर्दोष साथी पाकर इतने प्रसन्न हुए कि स्वयं ही बड़े आदर-यत्न से मुझे बुलाने-पहुँचाने लगे।

और माँ तो उस माता-पिताहीन विधवा बालिका की कथा सुनकर ही मुख फेर कर आँखें पोंछने लगती थीं। इसी से धीरे-धीरे मेरी कुछ नाटी गुड़िया, उसका बेडौल सिरवाला पति, उसकी एक पैर से लँगड़ी सास, बैठने में असमर्थ ननद और हाथों के अतिरिक्त सब प्रकार से आकारहीन दोनों बच्चे, सब एक-एक कर भाभी की कोठरी में जा बैठे। इतना ही नहीं, उनकी चक्की से लेकर गहनों तक सारी गृहस्थी और डोली से लेकर रेल तक सब सवारियाँ उसी खंडहर को बसाने लगीं।

भाभी को तो सफेद ओढ़नी और काला लहँगा या काली ओढ़नी और सफेद बूटीदार कत्थई लहँगा पहने हुए ही मैंने देखा था; पर उसकी ननद के लिए हर तीज-त्योहार पर बड़े सुन्दर रंगीन कपड़े बनते थे। कुछ भाभी की बटोरी हुई कतरन से और कुछ अपने घर से लाए हुए कपड़ों से गुड़ियों के लज्जा-निवारण का सुचारु प्रबन्ध किया जाता था। भाभी घाघरा, काँचली आदि अपने वस्त्र सीना जानती थी, अतः मेरी गुड़िया मारवाड़िन की तरह शृंगार करती थी; मैंने स्कूल में ढीला पाजामा और घर में कलीदार कुरता सीना सीखा था, अतः गुड्डा पूरा लाला जान पड़ता था; चौकोर कपड़े के टुकड़े के बीच छेद करके वही बच्चों के गले डाल दिया जाता था, अतः वे किसी आदिम युग की संतान-से लगते थे।

भाभी के लिए काला-अक्षर भैंस बराबर था; इसलिए उस पर मेरी विद्वत्ता की धाक भी सहज ही जम गयी थी। प्रायः सभी पशुओं के अंग्रेजी नाम बताकर और तस्वीरों वाली किताब से अँगरेजी की कविता बड़े राग से पढ़कर मैं उसे विस्मित कर चुकी थी, हिन्दी की पुस्तक से 'माता का हृदय', 'भाई का प्रेम' आदि कहानियाँ सुनाकर उसकी आँखें गीली कर चुकी थी और अपने मामा को चिट्ठी लिखने की बात कहकर उसके मन में बीकानेर के निकट किसी गाँव में रहने वाली बुआ की स्मृति जगा चुकी थी। वह प्रायः लम्बी साँस लेकर कहती—'पता नहीं जानती, नहीं तो तुमसे एक चिट्ठी लिखवा कर डाल देती।'

सबसे कठिन दिन तब आते थे, जब वृद्ध सेठ की सौभाग्यवती पुत्री अपने नैहर आती थी। उसके चले जाने के बाद भाभी के दुर्बल गोरे हाथ पर जलने के लम्बे, काले निशान और पैरों पर नीले दाग रह जाते थे; पर उनके सम्बन्ध में कुछ पूछते ही वह गुड़िया की किसी समस्या में मेरा मन अटका देती थीं।

उन्हीं दिनों स्कूल में कशीदा काढ़ना सीखकर मैंने अपनी धानी रंग की साड़ी में बड़े-बड़े नीले फूल काढ़े। भाभी को रंगीन कपड़े बहुत भाते थे, इसलिए उसे देखकर वह ऐसी विस्मय-विमुग्ध रह गयी, मानो कोई सुन्दर चित्र देख रही हो।

मैंने क्यों माँ से हठ करके वैसा ही कपड़ा मँगवाया और क्यों किसी को बिना बताए हुए छिपा-छिपाकर उस ओढ़नी पर नीले फूल काढ़ना आरम्भ किया, यह आज भी समझ में नहीं आता।

वह बेचारी बार-बार बुलवा भेजती, नये-नये गुड़ियों के कपड़े दिखाती, नये-नये घरौंदे बनाती; पर फिर भी मुझे अधिक समय तक ठहराने में असमर्थ होकर बड़ी निराश और करुण मुद्रा से द्वार तक पहुँचा जाती।

उस दिन की बात तो मेरी स्मृति में गर्म लोहे से लिखी जान पड़ती है, जब उस ओढ़नी को चुपचाप छिपाकर मैं भाभी को आश्चर्य में डालने गयी। शायद सावन की तीज थी, क्योंकि स्कूल के सीधे-सादे बिना चमक-दमक वाले कपड़ों के स्थान में मुझे गोटा लगी हुई लहरिये की साड़ी पहनने को मिली थी और सबेरे पढ़ने बैठने की बात न कहकर माँ ने हाथों में मेंहदी भी लगा दी थी।

वह दालान में दरवाजे की ओर पीठ किये बैठी कुछ बीन रही थी, इसी से जब दबे पाँव जाकर मैंने उस ओढ़नी को खोलकर उसके सिर पर डाल दिया, तो वह हड़बड़ा कर उठ बैठी। रंगों पर उसके प्राण जाते ही थे, उस पर मैंने गुड़ियों और खिलौनों से दूर अकेले बैठे-बैठे अपने नन्हें हाथों से उसके लिए उतनी लम्बी-चौड़ी ओढ़नी काढ़ी थी। आश्चर्य नहीं कि वह क्षण भर के लिए अपनी उस स्थिति को भूल गयी, जिसमें ऐसे रंगीन वस्त्र वर्जित थे और नये खिलौने से प्रसन्न बालिका के समान, एक बेसुधपन में उसे ओढ़, मेरी ठुड्डी पकड़कर खिलखिला पड़ी।

और जब किसी का विस्मय-विजड़ित 'बींदनी' (बहू) सुनकर उसकी सुधि लौटी, तब हतबुद्धि से ससुर मानो गिरने-गिरने से बचने के लिए चौखट का सहारा ले रहे थे और क्रोध से जलते अंगारे-जैसी आँखोंवाली, खुली तलवार-सी कठोर ननद, देहली से आगे पैर बढ़ा चुकी थी। अवश्य ही तीज रही होगी; क्योंकि वृद्ध स्वयं पुत्री को लेने गये थे।

इसके उपरान्त जो हुआ वह तो स्मृति के लिए भी अधिक करुण है। क्रूरता का वैसा प्रदर्शन मैंने फिर कभी नहीं देखा। बचाने का कोई उपाय न देखकर ही कदाचित् मैंने जोर-जोर से रोना आरम्भ किया; परन्तु बच तो वह तब सकी जब मन से ही नहीं, शरीर से भी बेसुध हो गयी।

वृद्ध मुझे कैसे घर पहुँचा गये, घबराहट से मैं कितने दिनों ज्वर में पड़ी रही, यह सब तो गहरे कुहरे में छिप गया है; परन्तु बहुत दिनों के बाद जब मैंने फिर उसे देखा, तब उन बचपन भरी आँखों में विषाद का गाढ़ा रंग चढ़ चुका था और ओठ, जिन पर किसी दिन हँसी छिपी-सी जान पड़ती थी, ऐसे काँपते थे, मानों भीतर का क्रन्दन रोकने के प्रयास से थक गये हों। उस एक घटना से बालिका प्रौढ़ हो गयी थी और युवती वृद्धा।

फिर तो हम लोग इन्दौर से चले ही आये और एक-एक करके अनेक वर्ष बीत जाने पर ही मैं इस योग्य बन सकी कि उसकी कुछ खोज-खबर ले सकूँ। पता लगा कि छोटी दूकान के स्थान में एक विशाल अट्टालिका वर्षों पहले खड़ी हो चुकी है। पता चला कि वधू की रक्षा का भार संसार को सौंप कर वृद्ध कभी के विदा हो चुके हैं; परन्तु कठोर संसार ने उसकी कैसी रक्षा की, यह आज तक अज्ञात है, इतने बड़े मानव-समुद्र में उस छोटे-से बुद्बुद् की क्या स्थिति है, यह मैं जानती हूँ; परन्तु तब भी कभी-कभी मन चाहता है कि बचपन में जिसने अपने जीवन के सूनेपन को भूलकर, मेरी गुड़ियों की गृहस्थी बसाई थी, खिलौनों का संसार सजाया था, उसे एक बार पा सकती!

आज भी जब कोई रंगीन कपड़ों के प्रति विरक्ति के सम्बन्ध में कौतुक भरा प्रश्न कर बैठता है, तो वह अतीत फिर वर्तमान होने लगता है। कोई किस प्रकार समझे कि रंगीन कपड़ों में जो मुख धीरे-धीरे स्पष्ट होने लगता है, वह कितना करुण और कितना मुरझाया हुआ है। कभी-कभी तो वह मुख मेरे सामने आने वाले सभी करुण क्लान्त मुखों में प्रतिबिम्बित होकर मुझे उसके साथ एक अटूट बन्धन में बाँध देता है।

प्रायः सोचती हूँ—जब वृद्ध ने कभी न खोलने के लिए आँखें मूद ली होंगी तब वह, जिसे उन्होंने संसार की ओर देखने का अधिकार ही नहीं दिया था, कहाँ गयी होगी?

और तब-तब न जाने किसी अनिष्ट सम्भावना से, न जाने किस अज्ञात प्रश्न के उत्तर में मेरे मन की सारी ममता आर्त्त-क्रन्दन कर उठती है—नहीं नहीं... ।

11 अक्टूबर, 1933

बिन्दा

सभीत-सी आँखोंवाली उस दुर्बल, छोटी और अपने-आप ही सिमटी-सी बालिका पर दृष्टि डालकर मैंने सामने बैठे सज्जन को, उनका भरा हुआ प्रवेशपत्र लौटाते हुए कहा—'आपने आयु ठीक नहीं भरी है। ठीक कर दीजिए, नहीं तो पीछे कठिनाई पड़ेगी।' 'नहीं, यह तो गत आषाढ़ में चौदह की हो चुकी' सुनकर मैंने कुछ विस्मित भाव से अपनी उस भावी विद्यार्थिनी को अच्छी तरह देखा, जो नौ वर्षीय बालिका की सरल चंचलता से शून्य थी और चौदह वर्षीय किशोरी के सलज्ज उत्साह से अपरिचित।

उसकी माता के सम्बन्ध में मेरी जिज्ञासा स्वगत न रहकर स्पष्ट प्रश्न ही बन गयी होगी, क्योंकि दूसरी ओर से कुछ कुंठित उत्तर मिला—'मेरी दूसरी पत्नी है, और आप तो जानती ही होंगी...' और उनके वाक्य को अधसुना ही छोड़कर मेरा मन स्मृतियों की चित्रशाला में दो युगों से अधिक समय की भूल के नीचे दबे बिन्दा या विन्ध्येश्वरी के धुँधले चित्र पर उँगली रखकर कहने लगा—ज्ञात है, अवश्य ज्ञात है।

बिन्दा मेरी उस समय की बाल्यसखी थी, जब मैंने जीवन और मृत्यु का अमिट अन्तर जान नहीं पाया था। अपने नाना और दादी के स्वर्ग-गमन की चर्चा सुनकर मैं बहुत गम्भीर मुख और आश्वत भाव से घर भर को सूचना दे चुकी थी कि जब मेरा सिर कपड़े रखने की आल्मारी को छूने लगेगा, तब मैं निश्चय ही एक बार उनको देखने जाऊँगी। न मेरे इस पुण्य संकल्प का विरोध करने की किसी को इच्छा हुई और न मैंने एक बार मरकर कभी न लौट सकने का नियम जाना। ऐसी दशा में, छोटे-छोटे असमर्थ बच्चों को छोड़कर मर जाने वाली माँ की कल्पना मेरी बुद्धि में कहाँ ठहरती। मेरा संसार का अनुभव भी बहुत संक्षिप्त-सा था। अज्ञानावस्था से मेरा साथ देने वाली सफेद कुत्ती-सीढ़ियों के नीचे वाली अँधेरी कोठरी में आँख मूँदे पड़े रहने वाले बच्चों की इतनी सतर्क पहरेदार हो उठती थी कि उसका गुर्राना मेरी सारी ममता-भरी मैत्री पर पानी फेर देता था। भूरी पूसी भी अपने चूहे जैसे निःसहाय बच्चों को तीखे पैने दाँतों में ऐसी कोमलता से दबाकर कभी लाती, कभी ले जाती थी कि उनके कहीं एक दाँत भी न चुभ पाता था। ऊपर की छत के कोने पर कबूतरों

का और बड़ी तस्वीर के पीछे गौरैया का जो घोंसला था, उसमें खुली हुई छोटी-छोटी चोंचों और उनमें सावधानी से भरे जाते दानों और कीड़े-मकोड़ों को भी मैं अनेक बार देख चुकी थी। बछिया को हटाते हुए ही रँभा-रँभा कर घर भर को यह दुःखद समाचार सुनाने वाली अपनी श्यामा गाय की व्याकुलता भी मुझसे छिपी न थी। एक बच्चे को कन्धे से चिपकाये और एक की उँगली पकड़े हुए जो भिखारिन द्वार-द्वार फिरती थी, वह भी तो बच्चों के लिए ही कुछ माँगती रहती थी। अतः मैंने निश्चित रूप से समझ लिया था कि संसार का सारा कारबार बच्चों को खिलाने-पिलाने, सुलाने आदि के लिए ही हो रहा है और इस महत्त्वपूर्ण कर्त्तव्य में भूल न होने देने का काम माँ नामधारी जीवों को सौंपा गया है।

और बिन्दा के भी तो माँ थी जिन्हें हम पंडिताइन चाची और बिन्दा नयी अम्मा कहती थी। वे अपनी गोरी, मोटी देह को रंगीन साड़ी से सजे-कसे, चारपाई पर बैठ कर फूले गाल और चिपटी-सी नाक के दोनों ओर नीले काँच के बटन सी चमकती हुई आँखों से युक्त मोहन को तेल मलती रहती थी। उनकी विशेष कारीगरी से सँवारी पाटियों के बीच में लाल स्याही की मोटी लकीर-सा सिन्दूर उनींदी सी आँखों में काले डोरे के समान लगने वाला काजल, चमकीले कर्णफूल, गले की माला, नगदार रंग-बिरंगी चूड़ियाँ और घुँघरूदार बिछुए मुझे बहुत भाते थे, क्योंकि यह सब अलंकार उन्हें गुड़िया की समानता दे देते थे।

यह सब तो ठीक था; पर उनका व्यवहार विचित्र-सा जान पड़ता था। सर्दी के दिनों में जब हमें धूप निकलने पर जगाया जाता था, गर्म पानी से हाथ-मुँह धुलाकर मोजे, जूते और ऊनी कपड़ों से सजाया जाता था और मना-मनाकर गुनगुना दूध पिलाया जाता था, तब पड़ोस के घर में पंडिताइन चाची का स्वर उच्च-से-उच्चतर होता रहता था। यदि उस गर्जन-तर्जन का कोई अर्थ समझ में न आता, तो मैं उसे श्यामा के रँभाने के समान स्नेह का प्रदर्शन भी समझ सकती थी; परन्तु उसकी शब्दावली परिचित होने के कारण ही कुछ उलझन पैदा करने वाली थी। 'उठती है या आऊँ', 'बैल के-से दीदे क्या निकाल रही है', 'मोहन का दूध कब गर्म होगा', 'अभागी मरती भी नहीं' आदि वाक्यों में जो कठोरता की धारा बहती रहती थी, उसे मेरा अबोध मन भी जान ही लेता था।

कभी-कभी जब मैं ऊपर की छत पर जाकर उस घर की कथा समझने का प्रयास करती, तब मुझे मैली धोती लपेटे हुए बिन्दा ही आँगन से चौके तक फिरकनी-सी नाचती दिखाई देती। उसका कभी झाड़ू देना, कभी आग जलाना, कभी आँगन के नल से कलसी में पानी लाना, कभी नयी अम्मा को दूध का कटोरा देने जाना, मुझे

बाजीगर के तमाशा जैसे लगता था; क्योंकि मेरे लिए तो वे सब कार्य असम्भव-से थे। पर जब उस विस्मित कर देने वाले कौतुक की उपेक्षा कर पंडिताइन चाची का कठोर स्वर गूँजने लगता, जिसमें कभी-कभी पंडित जी की घुड़की का पुट भी रहता था, तब न जाने किस दुःख की छाया मुझे घेरने लगती थी। जिसकी सुशीलता का उदाहरण देकर मेरे नटखटपन को रोका जाता था, वही बिन्दा घर में चुपके-चुपके कौन-सा नटखटपन करती रहती है, इसे बहुत प्रयत्न करके भी मैं न समझ पाती थी। मैं एक भी काम नहीं करती थी और रात-दिन ऊधम मचाती रहती; पर मुझे तो माँ ने न मर जाने की आज्ञा दी और न आँखें निकाल लेने का भय दिखाया। एक बार मैंने पूछा भी—'क्या पंडिताइन चाची तुम्हारी तरह नहीं हैं?' माँ ने मेरी बात का अर्थ कितना समझा यह तो पता नहीं, उनके संक्षिप्त 'हैं' से न बिन्दा की समस्या का समाधान हो सका और न मेरी उलझन सुलझ पायी।

बिन्दा मुझसे कुछ बड़ी ही रही होगी; परन्तु उसका नाटापन देखकर ऐसा लगता था, मानो किसी ने ऊपर से दबाकर उसे कुछ छोटा कर दिया हो। दो पैसों में आने वाली खँजड़ी के ऊपर चढ़ी हुई झिल्ली के समान पतले चर्म से मढ़े और भीतर की हरी-हरी नसों की झलक देने वाले उसके दुबले हाथ-पैर न जाने किस अज्ञात भय से अवसन्न रहते थे। कहीं से कुछ आहट होते ही उसका विचित्र रूप से चौंक पड़ना और पंडिताइन चाची का स्वर कान में पड़ते ही उसके सारे शरीर का थरथरा उठना, मेरे विस्मय को बढ़ा ही नहीं देता था, प्रत्युत् उसे भय में बदल देता था और बिन्दा की आँखें तो मुझे पिंजड़े में बन्द चिड़िया की याद दिलाती थीं।

एक बार जब दो-तीन करके तारे गिनते-गिनते उसने एक चमकीले तारे की ओर उँगली उठाकर कहा—'वह रही मेरी अम्मा' तब तो मेरे आश्चर्य का ठिकाना न रहा। क्या सबकी एक अम्मा तारों में होती है और एक घर में? पूछने पर बिन्दा ने अपने ज्ञान-कोष में से कुछ कण मुझे दिये और तब मैंने समझा कि जिस अम्मा को ईश्वर बुला लेता है, वह तारा बनकर ऊपर से बच्चों को देखती रहती है और जो बहुत सजधज से घर से आती है, वह बिन्दा की नयी अम्मा जैसी होती है। मेरी बुद्धि सहज ही पराजय स्वीकार करना नहीं जानती, इसी से मैंने सोचकर कहा—'तुम नयी अम्मा को पुरानी अम्मा क्यों नहीं कहती, फिर वे न नयी रहेंगी और न डाँटेंगी।'

बिन्दा को मेरा उपाय कुछ जँचा नहीं, क्योंकि वह तो अपनी पुरानी अम्मा को खुली पालकी में लेटकर जाते और नयी को बन्द पालकी में बैठकर आते देख चुकी थी, अतः किसी को भी पदच्युत करना उसके लिए कठिन था।

पर उसकी कथा से मेरा मन तो सचमुच आकुल हो उठा, अतः उसी रात को

मैंने माँ से बहुत अनुनयपूर्वक कहा—'तुम कभी तारा न बनना, चाहे भगवान कितना ही चमकीला तारा बनावें।' माँ बेचारी मेरी विचित्र मुद्रा पर विस्मित होकर कुछ बोल भी न पायी थी कि मैंने अकुंठित भाव से अपना आशय प्रकट कर दिया—'नहीं तो पंडिताइन चाची जैसी नयी अम्मा पालकी में बैठकर आ जायेगी और फिर मेरा दूध, बिस्कुट, जलेबी सब बन्द हो जायेगी—और मुझे बिन्दा बनना पड़ेगा।' माँ का उत्तर तो मुझे स्मरण नहीं, पर इतना याद है कि उस रात उसकी धोती का छोर मुट्ठी में दबाकर ही मैं सो पायी थी।

बिन्दा के अपराध तो मेरे लिए अज्ञात थे; पर पंडिताइन चाची के न्यायालय से मिलने वाले दण्ड के सब रूपों से मैं परिचित हो चुकी थी। गर्मी की दोपहर में मैंने बिन्दा को आँगन की जलती धरती पर बार-बार पैर उठाते और रखते हुए घंटों खड़े देखा था, चौके के खम्भे से दिन-दिन भर बँधा पाया था और भूख से मुरझाये मुख के साथ पहरों नयी अम्मा और खटोले में सोते मोहन पर पंखा झलते देखा था। उसे अपराध का ही नहीं, अपराध के अभाव का भी दण्ड सहना पड़ता था, इसी से पंडित जी की थाली में पंडिताइन चाची का ही काला मोटा और घुंघराला बाल निकलने पर भी दण्ड बिन्दा को मिला। उसके छोटे-छोटे हाथों से धुल न सकने वाले, उलझे, तेलहीन बाल भी अपने स्वाभाविक भूरेपन और कोमलता के कारण मुझे बड़े अच्छे लगते थे। जब पंडिताइन चाची की कैंची ने उन्हें कूड़े के ढेर पर, बिखरा कर उनके स्थान को बिल्ली की काली धारियों जैसी रेखाओं से भर दिया, तो मुझे रुलाई आने लगी; पर बिन्दा ऐसे बैठी रही, मानो सिर और बाल दोनों नयी अम्मा के ही हों।

और एक दिन याद आता है। चूल्हे पर चढ़ाया दूध उफना जा रहा था। बिन्दा ने नन्हें-नन्हें हाथों से दूध की पतीली उतारी अवश्य; पर वह उसकी उँगलियों से छूटकर गिर पड़ी। खौलते दूध से जले पैरों के साथ दरवाजे पर खड़ी बिन्दा का रोना देख मैं तो हतबुद्धि सी हो रही। पंडिताइन चाची से कह कर वह दवा क्यों नहीं लगवा लेती, यह समझना मेरे लिए कठिन था। उस पर जब बिन्दा मेरा हाथ अपने जोर से धड़कते हुए हृदय से लगाकर कहीं छिपा देने की आवश्यकता बताने लगी, तब तो मेरे लिए सब कुछ रहस्यमय हो उठा।

उसे मैं अपने घर में खींच लाई अवश्य; पर न ऊपर के खण्ड में माँ के पास ले जा सकी और न छिपाने का स्थान खोज सकी। इतने में दीवारें लाँघ कर आने वाले, पंडिताइन चाची के उग्र स्वर ने भय से हमारी दिशाएँ रूँध दीं, इसी से हड़बड़ाहट में हम दोनों उस कोठरी में जा घुसीं, जिसमें गाय के लिए घास भरी जाती

थी। मुझे तो घास की पत्तियाँ भी चुभ रही थीं, कोठरी का अंधकार भी कष्ट दे रहा था; पर बिन्दा अपने जले पैरों को घास में छिपाये और दोनों ठंडे हाथों से मेरा हाथ दबाये ऐसे बैठी थी, मानो घास का चुभता हुआ ढेर रेशमी बिछौना बन गया है।

मैं तो शायद सो गई थी; क्योंकि जब घास निकालने के लिए आया हुआ गोपी इस अभूतपूर्व दृश्य की घोषणा करने के लिए कोलाहल मचाने लगा, तब मैंने आँखें मलते हुए पूछा, 'क्या सबेरा हो गया?'

माँ ने बिन्दा के पैरों पर तिल का तेल और चूने का पानी लगाकर जब अपने विशेष सन्देशवाहक के साथ उसे घर भिजवा दिया, तब उसकी क्या दशा हुई, यह बताना कठिन है; पर इतना तो मैं जानती हूँ कि पंडिताइन चाची के न्यायविधान में न क्षमा का स्थान था, न अपील का अधिकार।

फिर कुछ दिनों तक मैंने बिन्दा को घर-आँगन में काम करते नहीं देखा। उसके घर जाने से माँ ने मुझे रोक दिया था; पर वे प्रायः कुछ अंगूर और सेब लेकर वहाँ हो आती थीं। बहुत खुशामद करने पर रुकिया ने बताया कि उस घर में महारानी आई हैं। 'क्या वे मुझसे नहीं मिल सकतीं' पूछने पर वह मुँह में कपड़ा ठूँस कर हँसी रोकने लगी। जब मेरे मन का कोई समाधान न हो सका, तब मैं एक दिन दोपहर को सबकी आँख बचाकर बिन्दा के घर पहुँची। नीचे के सुनसान खण्ड में बिन्दा अकेली एक खाट पर पड़ी थी। आँखें गड्ढे में धँस गयी थीं, मुख दानों से भर कर न जाने कैसा हो गया था और मैली-सी चादर के नीचे छिपा शरीर बिछौने से भिन्न ही नहीं जान पड़ता था। डाक्टर, दवा की शीशियाँ, सिर पर हाथ फेरती हुई माँ और बिछौने के चारों चक्कर काटते हुए बाबूजी के बिना भी बीमारी का अस्तित्व है, यह मैं नहीं जानती थी, इसी से उस अकेली बिन्दा के पास खड़ी होकर मैं चकित-सी चारों ओर देखती रह गयी। बिन्दा ने ही कुछ संकेत और कुछ अस्पष्ट शब्दों में बताया कि नयी अम्मा मोहन के साथ ऊपर के खण्ड में रहती हैं, शायद चेचक के डर से। सबेरे-शाम बरौनी आकर उसका काम कर जाती है।

फिर तो बिन्दा को देखना सम्भव न हो सका; क्योंकि मेरे इस आज्ञा-उल्लंघन से माँ बहुत चिन्तित हो उठी थीं।

एक दिन सबेरे ही रुकिया ने उनसे न जाने क्या कहा कि वे रामायण बन्द कर बार-बार आँखें पोंछती हुई बिन्दा के घर चल दीं। जाते-जाते वे मुझे बाहर न निकलने का आदेश देना नहीं भूली थीं, इसी से इधर-उधर से झाँककर देखना आवश्यक हो गया। रुकिया मेरे लिए त्रिकालदर्शी से कम न थी; परन्तु वह विशेष अनुनय-विनय

के बिना कुछ बताती ही नहीं थी और उससे अनुनय-विनय करना मेरे आत्म-सम्मान के विरुद्ध पड़ता था। अतः खिड़की से झाँककर मैं बिन्दा के दरवाजे पर जमा हुए आदमियों के अतिरिक्त और कुछ न देख सकी और इस प्रकार की भीड़ से विवाह और बारात का जो सम्बन्ध है, उसे मैं जानती थी। तब क्या उस घर में विवाह हो रहा है, और हो रहा है तो किसका? आदि प्रश्न मेरी बुद्धि की परीक्षा लेने लगे। पंडित जी का विवाह तो तब होगा, जब दूसरी पंडिताइन चाची भी मर कर तारा बन जायेंगी और बैठ न सकने वाले मोहन का विवाह सम्भव नहीं, यही सोच-विचार कर मैं इस परिणाम तक पहुँची कि बिन्दा का विवाह हो रहा है और उसने मुझे बुलाया तक नहीं। इस अचिन्त्य अपमान से आहत मेरा मन सब गुड़ियों को साक्षी बनाकर बिन्दा को किसी भी शुभ कार्य में न बुलाने की प्रतिज्ञा करने लगा।

कई दिन तक बिन्दा के घर झाँक-झाँककर जब मैंने माँ से उसके ससुराल से लौटने के सम्बन्ध में प्रश्न किया, तब पता चला कि वह तो अपनी आकाश-वासिनी अम्मा के पास चली गयी। उस दिन से मैं प्रायः चमकीले तारे के आस-पास फैले छोटे तारों में बिन्दा को ढूँढ़ती रहती; पर इतनी दूर से पहचानना क्या सम्भव था?

तब से कितना समय बीत चुका है, पर बिन्दा और उसकी नयी अम्मा की कहानी शेष नहीं हुई। कभी हो सकेगी या नहीं, इसे कौन बता सकता है?

5 अगस्त, 1934

सबिया

सबिया न शबनम का संक्षिप्त है न शबरात का। वह तो हमारे पौराणिक सावित्री का अपभ्रंश है; पर सच कहें तो कहना होगा कि या तो हमारे उदार आर्यत्व ने दयार्द्र होकर ही, हरिजनों में भी निकृष्टतम जीव को इस संज्ञा की छाया में पवित्र होने की अनुमति दे डाली या सबिया के, परंपरा के अनुसार स्वर्गगत परन्तु यथार्थ में नरकगत माता-पिता चतुर पाकेटमार के समान सबकी आँख बचाकर इस नामनिधि को उड़ा लाये और इसे अपना बनाने के लिए इतना काटा-छाँटा कि अब इस पर किसी एक का अधिकार प्रमाणित करना कठिन हो गया है।

मानो मेरे नौकर न बदलने के नियम का विरोध करने के लिए जब बूढ़ा जमादार बिना आज्ञा माँगे ही ऐसी महायात्रा पर चल पड़ा, जहाँ से किसी को पकड़ कर मँगाना सम्भव नहीं तभी एक दिन मास भर के नामधारी मांसपिण्ड को चीकट से कपड़े में लपेट और अपनी नग्नता को मलिनता से ढाँकने वाली पाँच वर्ष की बचिया को उँगली से सहारा दिए, सबिया मेरे सामने आ उपस्थित हुई। उसका मुख चिकनी काली मिट्टी से गढ़ा जान पड़ता था; परन्तु प्रत्येक रेखा में साँचे की वैसी ही सुडौलता थी जैसी प्रायः पेरिस प्लास्टर की मूर्तियों में देखी जाती है आँखों की गढ़न लम्बी न होकर गोल-गोल होने के कारण उनमें मेले में खोये बच्चे जैसी सभ्य चकित दृष्टि थी। हाथ-पैर में मोटे-मोटे चमकहीन गिलट के कड़े उसे कैदी की स्थिति में डाल देते थे। कुछ कम चौड़े ललाट पर जुड़ी भौंहों के ऊपर लगी पीली काँच की टिकुली में जो शृंगार था, वह भटकटैया के फूल से घूरे के शृंगार का स्मरण दिलाता था। कभी लाल, पर अब पुराने घड़े के रंग वाली धोती में लिपटी सबिया ऐसी लगी, मानो किसी अपटु शिल्पी की सयत्न गढ़ी मिट्टी की मूर्ति हो, जिसके सब कच्चे रंग धुल गये हैं और जहाँ-जहाँ से केवल सुडौल रेखाओं में बँधी मिट्टी झाँकने लगी है।

पता चला, उसका पति बिना उसे बताये परदेश चला गया है। वह तब सौरी में थी—दुःख से बीमार पड़ गयी और इस प्रकार जिस बँगले में नौकर थी, वहाँ दूसरी मेहतरानी आ गयी। यहाँ काम मिल जाय, तो बच्चे पल जायँ। तन-मन से काम करने के सम्बन्ध में उसके आश्वासन की उपेक्षा कर मैंने उस छोटी-सी गठरी पर सन्देह-

भरी दृष्टि डाल कर प्रश्न किया—'इसे लेकर कैसे काम होगा? सबिया ने जब उस मैली, दुबली बालिका की पीठ पर हाथ फेरते हुए बड़े विश्वास से सिर हिला-हिलाकर, भाई की देख-रेख के विषय में उसकी असाधारण पटुता की व्याख्या सोदाहरण आरम्भ की, तब न मैं हँस सकी और न मुसकुराहट रोक सकी।

वास्तव में बचिया की जुगनू जैसी आँखों पर फैलती हुई अँधेरी जैसी गम्भीरता देखकर, उस पर हँस उठना निष्ठुर जान पड़ता था और मौन रहना सहानुभूतिहीन।

उसे काम बताकर जब मैं बरामदे से कमरे में आ गयी, तब बूढ़ी भक्तिन के हृदय का कुतूहल, मेरे भय का बाँध तोड़कर न जाने कितने प्रश्नों में बह निकला। अथक कथावाचक होने के कारण सबके सम्बन्ध में सब कुछ जान रखना उसके जीवन का प्रथम सिद्धान्त है और जान पड़ता है कि सबसे बड़े कथाकार परमात्मा की कृपा से योजनाबाहु का गुण उसकी जीभ में आ बसा है। जब हजारों सुमिरनी जैसी प्रश्नावली के कुछ बिखरे शब्द मेरे कानों में बरबस घुसने लगे, तब उनकी उपेक्षा न कर सकने का कारण उत्तरों की करुणा ही रही।

सबिया के पति के सम्बन्ध में किया गया प्रश्न तो मैं स्पष्ट न सुन सकी; परन्तु उसका 'ना भइया, करा धरा न होय, आपन बीहा-बरा आदमी रहा' में दिया उत्तर बता रहा था कि बोलने वाली का गला भर आया है। 'ऊ मेहरारू बड़ी गजबिन रही' के उत्तर में सबिया के थके स्वर ने उसकी सफाई में कहा—'माता आपन-आपन भाग।' फिर मैंने सप्रयास लिखने में मन लगाया और कथा का सूत्र वहीं टूट गया। धीरे-धीरे पता चला कि सबिया का पति, सत्यवान का किसी प्रकार भी अपभ्रंश नहीं है, इतना ही नहीं, वह अपने निरर्थक मैकू नाम के समान भी निरर्थक नहीं हो सका। एक दिन अपने जाति भाई की नयी वधू को लेकर वह न जाने कहाँ चल दिया और वह भी ऐसे समय, जब सबिया तीन दिन के शिशु को लिये पड़ी थी। तब से न सबिया ने उसकी आशा छोड़ी और न उसका कोई समाचार मिला। बेचारे जाति भाई ने प्रतिशोध लेने के साथ-साथ उजड़ा घरबसा लेने के लिए जो प्रस्ताव सबिया के सामने रखा, उसे अस्वीकृत ही होना पड़ा। अन्त में उस बेचारे ने 'दूध का जला मट्ठा भी फूँक-फूँक कर पीता है' के अनुसार एक बूढ़ी विधवा भाभी को अपने घर की लक्ष्मी बनाकर निश्चिन्तता की साँस ली।

ऐसी सबिया को सब झक्की कहने लगे, तो आश्चर्य क्या। परन्तु मुझे तो उसमें काम करने की धुन के अतिरिक्त किसी प्रकार की झक का पता न चला। सबेरे ही नम तले कँकरीली धरती पर एक फटा मैला कपड़ा डालकर वह बच्चे को लिटा देती

और कुछ निगरानी करने और कुछ मक्खियाँ उड़ाने के लिए बचिया को बैठा, आप एक तार-तार पिछौरी से कमर कस कर झाड़ू सम्भालती। फिर कम्पाउण्ड के एक छोर पर झाड़ू के छर-छर संगीत के साथ हवा में उड़ती-सी सबिया का नृत्य आरम्भ होता और दूसरे छोर पर कभी वीरासन, कभी योगासन में बैठकर छोटे-छोटे हाथों से मक्खी उड़ाती और कभी एक पैर से, कभी दोनों पैरों से कूद फाँद कर कौवों को डराती हुई बचिया का रूपक विस्तार पाता। माँ के दुबले शरीर में सूखी लकड़ी की कठिनता न होकर हरी टहनी का लचीलापन रहता था, जो दुर्बलता से अधिक जीवन का परिचय देता है और बालिका के सूखे शरीर में नये पत्ते की चंचलता न होकर पाले से खिल न सकने वाले बँधे किशलय-कोरक का अवश हिलना-डुलना था, जो विकास का सूचक न होकर जड़ता का परिचय देता है। मेरी खिड़की के सामने वाला नीम ही बचिया का रंगमंच था और मेरी कुतिया, छात्रावास की पूसी जैसी महत्त्वपूर्ण दर्शकों का तो वहाँ स्वागत होता ही था, साथ ही परदेशी कौवे, अज्ञातनामा चिड़ियाँ और नीमवासिनी पड़ोसिन गिलहरी की आवभगत में भी कमी न थी; परन्तु बचिया की सरल सतर्कता को देखकर यही जान पड़ता था कि कुतिया से लेकर चिड़ियों तक और गिलहरी से लेकर मक्खियों तक सब उसके दुलारे भइया को उठा ले भागने के लिए आकुल हैं। कदाचित् उस छद्मवेशी लुटेरों को समझाने के लिए ही वह बिल्ली की म्याऊँ-म्याऊँ से लेकर चिड़ियों की चूँ-चूँ तक न जाने कितनी भिन्न-भिन्न वाणियों में बोलती और सबके अन्त में सन्धि के शंखनाद के समान एक पैसे में खरीदी हुई पिपिहरी बजाती।

उसकी सारी कर्त्तव्यपरायणता के दुर्ग को भेदकर जब भूख भीतर पहुँच जाती; तब वह उसी मैले कपड़े के एक छोर में बँधा रोटी का टुकड़ा खोलकर उसे छिपे शत्रु से समझौता आरम्भ करती। परन्तु यह तो मानना ही होगा कि उतने दर्शकों की उपस्थिति में यह कार्य दुष्कर हो उठता था। एक बार ज्यों ही उसने मुर्गे के स्वर में कुछ उपालम्भ देने का उपक्रम किया, त्योंही विद्रोही कौवा उसका भूख से लड़ने का एकमात्र अस्त्र छीन भागा। अन्त में मैंने कुछ बिस्कुट और एक बेसन का लड्डू भिजवाकर मानो काठ की कटार के स्थान में मशीनगन सौंपने का पुण्य कार्य किया। तब से बचिया की याचना 'कुकड़ूँ कूँ होकर ही मेरे पास पहुँचने लगी और उत्तर में मैं जो भिजवाती थी उस पर भक्तिन की झुँझलाहट की शान चढ़ी रहती थी।

दस बजे तक सब काम समाप्त कर, बाजीगर के समान अपनी सृष्टि को समेटती हुई सबिया नहाने-धोने चली जाती। फिर जब तक वह घिस-घिसकर माँजी हुई पीतल की चमकीली थाली लेकर खाना लेने लौटती, तब तक छात्रावास में भोजन-

सम्बन्धी सुदीर्घ कार्य-कलाप का उपसंहार हो चुकता, थालियों की जूठन जमादार के सिर पर न मढ़ी जाकर स्कूल की गाड़ियों के बैलों को खिलाई जाय, ऐसी मेरी कठोर और परम्पराविरुद्ध आज्ञा के कारण सबिया को चौके से मिले दाल-भात में महराजिन, कहारी आदि के व्यंग की जो तिक्तता मिलती रही होगी, उसका मैं अनुमान कर सकती हूँ। सबिया तो किसी की शिकायत करने में इतना हिचकिचाती थी, मानो ऐसे किसी शब्द से उसके मुँह में दाह भरे छाले पड़ जायेंगे।

साँझ-सबेरे बच्चों से लदी फँदी सबिया को बड़ी कठिनाई से थाली ले जाते देखकर मैंने उसे वहीं बच्चे को खिलाकर खा लेने की बात सुझायी। उसने इस तरह सकुचाकर उत्तर दिया, मानो किसी बड़े अक्षम्य अपराध की स्वीकारोक्ति हो। कहा 'बचिया के आँधर-धूँधर आजी है मलकिन! ओहका बिन खियाये पियाये कसत खाब।' फिर कुछ कहना व्यर्थ था; पर दुखी और दुर्बल स्त्री पर दो-दो बच्चों के साथ अन्धी माँ का भार लादने वाले मैकू पर मेरा मन झल्ला उठा। पुरुष भी विचित्र है। वह अपने छोटे-से-छोटे सुख के लिए स्त्री को बड़ा-से-बड़ा दुःख दे डालता है। और ऐसी निश्चिन्तता से, मानो वह स्त्री को उसका प्राप्य ही दे रहा है। सभी कर्त्तव्यों को वह चीनी से ढकी कुनैन के समान मीठे-मीठे रूप में ही चाहता है। जैसे ही कटुता का आभास मिला कि उसकी पहली प्रवृत्ति सब-कुछ जहाँ-का-तहाँ पटक कर भाग खड़े होने की होती है।

सबिया की अकारण शालीनता पर मेरी ऐसी सकारण ममता उत्पन्न हो गयी थी कि उसका समय एक प्रकार से अच्छा ही कटने लगा।

तब अचानक एक दिन दरवाजे की ओट में दुबकी खड़ी सबिया के लिए मानो दुभाषिए का काम करती हुई भक्तिन ने बताया कि उसे एक अच्छी सी धोती चाहिए। मैंने अरगनी पर सूखती हुई खद्दर की साड़ी दे देने की अनुमति दे दी; परन्तु भक्तिन मुँह बनाकर कहा 'और अच्छी।' तब फिर उठकर मैंने कपड़ों में इस अनिश्चित विशेषण के अन्तर्गत रखने योग्य साड़ियों की छानबीन आरम्भ की।

जिन दिनों मैंने रेशम की साड़ी पहनना नहीं छोड़ा था, तभी की एक धुल-धुल कर फीकी पड़ी हुई नीली सी रेशमी साड़ी हाथ लगी और उसी को भक्तिन के आगे फेंक कर मैंने अपने काम में मन लगाया। जितना कोई स्वयं बता दे, उससे अधिक किसी के सम्बन्ध में न जानने की मेरी कभी इच्छा नहीं होती, इसी से साड़ी की इस असमय याचना के सम्बन्ध में मैंने कुछ न पूछा; पर मेरे स्वभाव की इस कमी को पूरा किये बिना भक्तिन जी ही नहीं सकती। वह दूसरों के लिए ही नहीं, मेरे लिए भी विस्मय की वस्तु है। मैं चाहे जितना आवश्यक काम करती रहूँ; परन्तु वह मेरे श्रवण

की सीमा के भीतर ही कहीं बैठकर संसार भर की कथा अपने-आप से कहने के बहाने मुझे सुनाती रहती है। अनेक बार मैंने उसे बहुत डाँटा भी है; पर उसके स्वभाव में कोई अन्तर नहीं आया। जब से वह अठारह आम और पाँच महुए के पेड़ों वाला बगीचा, मिट्टी का कच्चा घर और पच्चीस बीघा खेत छोड़कर तथा तीन-तीन बेटी दामादों और अनेक नाती-नातिनों से ममता तोड़ कर मेरे पास आई है, तब से मुझे छोड़कर गाँव जाने की सम्भावना उसके मन में घुस ही नहीं पाई। मैं वेतन न दूँ, तो भी वह जाने को राजी नहीं, खाना न दूँ तो भी वह गाँव से सत्तू-गुड़ लाकर खाने को प्रस्तुत है; पर मुझे छोड़कर वह केवल स्वर्ग जायेगी और वह भी अपनी इच्छा से नहीं। ऐसे व्यक्ति को सुधारना क्या कभी सम्भव है? इसी से वह निरन्तर संजय की भूमिका निबाहती रहती है। अन्तर केवल इतना ही है कि महाभारत का संजय अन्धे धृतराष्ट्र के पूछने पर युद्ध का समाचार देकर उन्हें आँखों का सुख देता था और इसकी अनपूछी संसार-कथा के लिए मुझे प्रायः बहरा बनने का दुख भोगना पड़ता है।

हाँ, तो भक्तिन से पता चला कि मैकू लौटा तो गेंदा के साथ; पर उसे स्टेशन के किसी जमादार के घर अतिथि बना आया। बेचारी सबिया सुख से पागल हो गई और उसी दिन सत्यनारायण की कथा का प्रबन्ध करने दौड़ी। जब सब ठीक हो चुका, तब मैकू मुँह लटकाकर बैठ रहा और बहुत पूछने पर गेंदा का समाचार देकर उसे बुला लाने के लिए सबिया की खुशामद करने लगा। इतना ही नहीं, सबिया की रेशमी साड़ी देखकर उसने बहुत दीनता से कहा—यह तो तेरे काले रंग पर नहीं फबती सबिया, इसे गेंदा को दे डाल, उस पर खूब खिलेगी।'

बिना एक शब्द कहे सबिया ने नीली साड़ी उतारकर मैकू के हाथ में थमा दी और स्वयं पुरानी पहनकर अन्धी सास को रोकते रहने पर भी गेंदा को घर लिवा लाने चली गयी। पर जान पड़ता है, उसका मन टूट गया, क्योंकि वह कभी नीम से सिर टिकाकर रो लेती है और कभी झाड़ू देते-देते रुक कर आँसू पोंछने लगती है। बेचारी कब से राह देखती थी, नाम रटती थी। अब आया तो गेंदा को लेकर, उस पर न कभी सबिया का सुख-दुख पूछा और न बच्चों की ओर देखा केवल गेंदा की चुगली पर विश्वास कर लड़ता रहता है। सबिया का भार और भी बढ़ गया है, क्योंकि मैकू को अब तक कोई काम ही नहीं मिला।

फिर एक दिन सबिया गेहुँए रंग और गोल मुख वाली धृष्ट और चञ्चल गेंदा को वही नीली साड़ी पहनाकर लाई, कहा, 'छुटकी पाँ लागत है मलकिन!' खूब- और आशीर्वाद क्या दूँ! सुखी रह कहने का अर्थ होगा कि सबिया को ऐसा ही दुःख देती रह। अतः मैंने कहा—'ईश्वर ऐसी सुबुद्धि दे कि तुम मेल से रह सको।'

इसके चार-पाँच दिन बाद सबिया फिर आ उपस्थित हुई। उसे पाँच महीने का वेतन अर्थात् दस रुपया प्रतिमास के हिसाब से पचास रुपया पेशगी चाहिए। मैंने आश्चर्य से कारण पूछा। पता चला, गेंदा का पहला पति और जाति भाई दिक कर रहे हैं। पंचों को रोटी दी जायेगी, तभी तो वे बेचारे इस महाभारत को नित्य सहने की शक्ति प्राप्त कर सकेंगे। पूर्व पति को उसके नितान्त शिष्टाचरण का पुरस्कार न देने से एक आत्म त्याग का सिद्धान्त उपेक्षित रह जाएगा। ऐसे महत्त्वपूर्ण कार्य के लिए भी सबिया के बच्चों को भूखा मारने की मेरी इच्छा नहीं; पर कुछ रुपये देने ही पड़े। जब मालूम हुआ कि शेष का प्रबन्ध करने के लिए ही सबिया ने अपनी मृत माता की अन्तिम निशानी रुपयों वाली हमेल बेच डाली तब मुझे पश्चात्ताप हुआ। मुझे जानना चाहिए था कि वह स्त्री कोई कर्त्तव्य स्वीकार करने के उपरान्त आनाकानी नहीं जानती।

गेंदा का उस घर में रहना सर्वसम्मत हो जाने पर भी सबिया का कष्ट घटा नहीं, क्योंकि वह हर साँस में लड़ती रहती थी। फिर भी जब मैं दोनों समय सबिया को एक बड़े लोटे में दाल और थाली में रोटी चावल ले जाते देखती तो मेरा मन विस्मय से भर जाता था। इतने अंगारों से भरे जाने पर भी इसके वात्सल्य का अंचल दूसरों को छाया देने में समर्थ है। यह जैसे अपने नादान बच्चों के उत्पात की चिन्ता नहीं करती, उसी प्रकार पति की हृदयहीन कृतघ्नता, सपत्नी के अनुचित व्यंग और सास की अकारण भर्त्सना पर भी ध्यान नहीं देती। उसके निकट मानो सब बच्चे हैं, इसी से उनका कर्त्तव्य से जी चुराना उसे कर्त्तव्य विमूढ़ नहीं बनाता। मैकू की अयोग्यता और विस्तृत आलोचना-प्रत्यालोचना के उत्तर में ही उसका सरल और संक्षिप्त प्रश्न यही रहता था कि यदि यह पागल हो जाता या किसी भयानक रोग से पीड़ित होता, तो सब उसे क्या करने की सलाह देते? उत्तर चाहे जितना तर्कहीन हो; परन्तु इससे सबिया के हृदय की व्याख्या हो जाती है, वह उन महिलाओं में नहीं है, जो पति के हल्केपन को उसके बँगले, कार, वैभव आदि के पासंग रख कर, भारी कर सकती हैं। उसकी गणना न उनमें हो सकती है जिनके यातना-मन्दिर के द्वार पर स्वयं धर्म के कठोर और सजग पहरेदार हैं, और न उनमें, जिनके उद्भ्रान्त मस्तकों पर समाज की नंगी तलवार लटकती रहती है। वह तो सब प्रकार से निकृष्टतम प्राणी कही जायेगी। फिर इस पारस की उपस्थिति, जिसके स्पर्श से कैसे भी लोहे का आवरण सोना हो सकता है, किस प्रकार समझाई जावे।

इतने वर्षों में मैंने एक दिन ही सबिया को हताश देखा। मैकू और गेंदा किसी गाँव में मेला देखने जाकर लौटे नहीं थे। तभी पास के बँगले में चोरी हो गई। ऐसी

स्थिति में दूसरों के अपहृत धन से साहूकार बने हुए बड़े आदमी अपने नौकर-चाकर ही नहीं, आस-पास के दरिद्रों को भी कैसे-कैसे पशुओं के हाथ सौंप देते हैं, यह कौन नहीं जानता! उनको चाहे गए धन में से एक कौड़ी भी वापिस न मिले; पर अपने विक्षिप्त क्रोध में वे इन दरिद्रों के जीवन की बची खुची लज्जा को भी तार-तार करके फेंके बिना नहीं रहते। अपने पकड़े जाने की सम्भावना से मृतप्राय सबिया जब मेरे सामने, 'अब हमार पत न बची मलकिन' कह कर चुपचाप आँसू बरसाने लगी, तब उसकी व्यथा ने मेरे हृदय को एक विचित्र रूप से स्पर्श किया। समाज ने स्त्री-मर्यादा का जो मूल्य निश्चित कर दिया है, केवल वही उसकी गुरुता का मापदण्ड नहीं। स्त्री की आत्मा में उसकी मर्यादा की जो सीमा अंकित रहती है, वह समाज के मूल्य से बहुत अधिक गुरु और निश्चित है; इसी से संसार भर का समर्थन पाकर जीवन का सौदा करने वाली नारी के हृदय में भी सतीत्व जीवित रह सकता है और समाज भर के निषेध से घिर कर धर्म का व्यवसाय करने वाली सती की साँसें भी तिल-तिल करके असती के निर्माण में लगी रह सकती हैं।

अन्त में सबिया पर आयी विपत्ति किसी प्रकार टल गयी। इस सम्बन्ध का 'कैसे' उसकी कथा से सम्बन्ध नहीं रखता।

इसी सलज्ज और कर्त्तव्यनिष्ठ सबिया को लक्ष्य करके जब एक परिचित वकील-पत्नी ने कहा—'आप चोरों की औरतों को क्यों नौकर रख लेती हैं?' तब मेरा शीतल क्रोध उस जल के समान हो उठा, जिसकी तरलता के साथ, मिट्टी ही नहीं, पत्थर तक काट देने वाली धार भी रहती है। मुँह से अचानक निकल गया, 'यदि दूसरे के धन को किसी-न-किसी प्रकार अपना बना लेने का नाम चोरी है, तो मैं जानना चाहती हूँ कि हम में से कौन सम्पन्न महिला चोर पत्नी नहीं कही जा सकती?' प्रश्न करने वाली के मुख पर कालिमा सी फैलती देख मुझे कम क्षोभ नहीं हुआ पर तीर छूटा ही नहीं, लक्ष्य पर चुभ भी चुका था।

सच तो यह है कि मैं सबिया को उस पौराणिक नारीत्व के निकट पाती हूँ, जिसने जीवन की सीमा-रेखा किसी अज्ञात लोक तक फैला दी थी। उसे यदि जीवन के लिए मृत्यु से लड़ना पड़ा, तो यह न मरने के लिए जीवन से संघर्ष करती है।

3 मार्च, 1935

बिट्टो

कुलमणि मल्लीताल के बाजार से तब लौट नहीं पाया था; पर झील के किनारे पड़ी हुई उस शिला पर बैठे-बैठे मेरा मन ऊबने लगा और पत्तियों से झालरदार शाखाओं की पानी में झूलती हुई छाया के साथ प्राणायाम करते-करते मेरी दृष्टि थक चली। सहसा 'अरे यह तो महादेवी हैं' सुनकर जब मैंने पार्श्ववर्ती मार्ग की ओर मुँह फेरा तो सैंडल की दो पतली ऊँची एड़ियों पर अपने कुछ स्थूल शरीर का सन्तुलन सा करती हुई मेरी एक पुरानी, साथिन, विचित्र व्यायाम की मुद्रा में खड़ी दिखाई पड़ीं।

पर्वतीय भूमि मेरी धात्री से माँ बन गयी हैं। पैदल ही कई सौ मीलों की यात्रा कर मैंने उसकी प्रशान्त सुषमा और प्रमुख जीवन को अनेक रूपों में देखा है; परन्तु उस निस्तब्ध सौन्दर्य और नगर के कोलाहल में मैं अब तक कोई समझौता न करा सकी। अपनी धूल भरी धरती का अंक छोड़ करके मुझे उन्हीं तुषारधौत चरणों में विश्राम मिलता है, जिन्होंने साधना से धूल के विशाल दुर्ग बनाकर अपनी करुणा को हमारे लिए सुरक्षित रखा है।

यहाँ के बवंडर की गठरी बाँध ले जाकर उसे वहाँ खोल देना मुझे कभी नहीं भाया, इसी से नैनीताल, मँसूरी आदि मेरे निकट उस अपटु नट जैसे रहे हैं, जो अपना व्यक्तित्व भी खो देते हैं और दूसरे की भूमिका भी नहीं निभा पाते।

मेरे ज्वर से चिन्तित होकर डाक्टरों ने जब कुछ महीने पहाड़ पर रहने की सम्मति दी, तब मैंने बहुत हठ करके नैनीताल के कोलाहल से तीन मील दूर ताकुला में रहने की अनुमति प्राप्त कर ली; पर सप्ताह में एक बार डाक्टर से परामर्श लेने जाना ही पड़ता था और नौकर जब तक आवश्यक वस्तुएँ खरीदता तब तक झील के बायीं ओर वाले कुछ सूनसान किनारे पर ठहर कर उसकी प्रतीक्षा करनी ही पड़ती थी।

पर उस दिन अपनी बाल्यसखी को पाकर मुझे सचमुच आनन्द हुआ। वह

अपने दो छोटे बच्चों के साथ ऊपर जिस बँगले में ठहरी थी, वहाँ तक न जाने का कोई बहाना खोजने की इच्छा ही नहीं हुई।

जीवन का बहुत समय पाकर जब दो साथ मिलते हैं, तब वे कितने ही प्रकार से बीते क्षणों में एक बार फिर जीने का प्रयास करते हैं, इसे कौन नहीं जानता। हम दोनों ने भी अपने जीवन के चित्राधारों को एक दूसरे के सामने रख अपने अनुभवों को मिलाने में कुछ समय बिताया ही।

अतीत की फीकी स्मृति में रंग भरते-भरते सखी ने एक परिचित वृद्ध सज्जन के सम्बन्ध में बताया कि वे अपनी तीसरी नवोढ़ा पत्नी को नैनीताल दिखाने लाए हैं। मेरी आँखों का विस्मय अपनी गुरुता के कारण ही शब्दों में न उतर सका। वृद्ध जीवन के कम-से-कम 54 बसन्त और पतझड़ देख चुके होंगे। दो अर्धांगिनियाँ मानो उनके जीवन की द्रुत गति से पग न मिला सकने के कारण ही उनका संग छोड़ गयी हैं। उनसे मिले उपहारस्वरूप दो पुत्रों में से एक कलकत्ते में कोई व्यवसाय करता है और दूसरा ससुराल की धरोहर बन गया है। दो मकान और कुछ धन है, इसी से वानप्रस्थ आश्रम को भी कुछ सरस बनाए रखने के लिए वृद्ध महोदय को एक संगिनी ढूँढ़ने की आवश्यकता जान पड़ी।

मेरी नीरव जिज्ञासा से प्रभावित होकर सखी कुछ स्निग्ध कण्ठ से बोली— ''तुम न डरो। इस बार उन्होंने एक पैंतीस वर्ष की बाल-विधवा का उद्धार किया है।''

मेरे 'असंभव' में जितना अविश्वास था, उतना ही व्यंग ओठों में भर कर वे मुस्कुराने लगीं। कुछ वाद-विवाद के उपरान्त यह निश्चित हुआ कि वे लौटते समय उससे मेरा परिचय करा देंगी।

मल्लीताल में एक दूकान के ऊपर दो कमरे लेकर वृद्ध सपत्नीक ठहरे थे। जीने का द्वार खटखटाने पर जिस स्त्री ने वृद्ध महोदय की अनुपस्थिति की सूचना देकर बड़े विनीत भाव से हमारी अभ्यर्थना की, वह मुझे बहुत दुर्बल, कृश और रोगिणी-जैसी जान पड़ी। एक सोने की नयी जंजीर उसकी दुबली, सूखी उभरी हड्डियों से सीमित और झुर्रियोंदार रक्तहीन चर्म से मढ़ी गर्दन का उपहास कर रही थी। कुछ पुरानी गढ़न के इयरिंग झाईंदार सूखे और चिपके कपोलों पर व्यंग-से लगते थे। आँखें बड़ी थीं; पर उस सूखे मुख और रूखी पलकों में ऐसी जान पड़ती थीं; मानों ऊपर से रख दी गयी हों और पलक मारते ही निकल पड़ेंगी। नीचे के दो दाँत कदाचित् गिरने से टूट गये थे, क्योंकि एक पूरा अदृश्य था और दूसरा आधार दिखाई दे रहा था।

पैंतीस वर्ष का दीर्घ वैधव्य पार कर, चिता में बैठे हुए वृद्ध वर के लिए पुनः स्वयंवरा बनने वाली वह दुर्बल और थकी हुई-सी स्त्री मेरे लिए एक साकार विस्मय बन गयी। टसर की मटमैली साड़ी में लिपटी उस संकुचित मूर्ति में न रूप था न स्वास्थ्य, न कोई उमंग शेष थी, न उल्लास।

फिर क्या लेकर वह नया गृहस्थी बसाने चली है, यह प्रश्न अनेक रूप-रूपान्तरों के साथ मेरे मन को घेरने लगा।

वह प्रथम भेंट यदि अन्तिम हो जाती, तो आज कहने के लिए कुछ न रहता; पर सीढ़ियों से उतरते ही रूमाल में खूबानी बाँध कर लौटे हुए वृद्ध सज्जन से भेंट हो गयी। एक-एक साँस में अनेक-अनेक निमन्त्रण दे उन्होंने अपनी नवागता पत्नी से परिचय बढ़ाने पर बाध्य किया और इस प्रकार मैं उस विचित्र सौभाग्यवती के फूटे भाग्य से परिचित हो सकी।

वह तीन भाइयों में अकेली बहिन होने के कारण विशेष दुलार में पल कर बड़ी हुई। विवाह उसके अबोधपन में ही हो गया और वैधव्य भी अनजाने आ पड़ा। न पहली स्थिति ने उसे उल्लास में बहाया था न, दूसरी स्थिति उसे निराशा में डुबा पायी। विवाह के साल ही पुत्र की मृत्यु हो जाने के कारण ससुराल वाले वधू का नाम लेना भी अशुभ मानने लगे और दुःखी माता-पिता ने भी नवनीत की पुतली के समान सँभाल कर पाली हुई कन्या को उस ज्वाला में झोंकना उचित न समझा। दुर्दैव के इस आघात को कुछ सह्य बनाने के लिए माता-पिता ने अपना समस्त स्नेह उड़ेलकर उसे किसी अभाव का बोध ही नहीं होने दिया, इसी से अभिशप्त, पर शान्त से अनजान, किसी परीदेश की राजकन्या के समान वह अपने-आप में ही पूर्ण रहने लगी।

फिर माता जब परलोक सिधारीं, तब भी पिता के कारण उसकी स्थिति में कोई परिवर्तन न आने पाया। परन्तु पिता के आँख मुँदते ही मानो संसार की सब वस्तुओं का मूल्य ही बदल गया। उस एकमात्र ढाल के नष्ट होते ही उस पर ऐसे असंख्य प्रहारों की वर्षा होने लगी, जिनकी उपस्थिति का ज्ञान न होने के कारण ही बचाव के साधन भी ज्ञात न थे। अब तक पति उसके निकट ऐसा था जैसे ईश्वर, जो हमारी इन्द्रियों से परे रहकर भी हमारे हृदय की अचल श्रद्धा और अडिग विश्वास का आधार बना रहता है। भावुग उपासक के समान उसने बिना तर्क किए ही एक सुखमय साधना से अपने जीवन को घेर लिया था।

जब पहले-पहल भाभियों ने पति की मृत्यु का दोषी उसी को ठहराया और

पड़ोसिनों ने उसके किसी अज्ञात अभाव को लक्ष्य कर व्यंग-वर्षा की, तब उसका हृदय पीड़ा की अनुभूति के साथ वैसे ही चौंक पड़ा, जैसे सोता हुआ व्यक्ति अंगार के स्पर्श से जाग जाता है।

फिर तब से उसके लिए नित्य नवीन मानसिक और शारीरिक यातनाओं का आविष्कार होने लगा। घर के नौकर-चाकर कम किये गये; पहले संकेत में, फिर स्पष्ट रूप से और अन्त में आज्ञा के स्वर में उससे सब काम सँभालने के लिए कहा जाने लगा। अभ्यास से उत्पन्न भूलों के लिए भाभियों के द्वारा कुछ विशेष पूजा भी मिलने लगी। उस पर किसी दिन उसका मन हाथों पर लिए रहने वाली भाभियाँ कहती थीं कि उसके भाई सतयुग के हैं, नहीं तो कौन एक निठल्ले व्यक्ति को घर बैठे-बैठे खिला सकता है। यह स्वर तो उसके लिए एकदम नया था। वह समझ ही न पाती कि जिस घर में उसका जन्म और पालन हुआ है, उसी में यदि रात-दिन काम करके अपने ही सहोदरों से उसे भोजन वस्त्र मिल जाता है, तो उसे कृतज्ञता के समुद्र में क्यों डूब जाना चाहिए। अकेले बड़े भाई ही नौकर थे, शेष दोनों उसी जमीन-जायदाद की देख-रेख में लगे रहते थे जो उसके भी पिता की थी।

धीरे-धीरे वैसे विषाक्त वातावरण में उसका शरीर शिथिल हो चला और मन टूट गया। ज्वर रहने लाग, बेहोशी के दौरे आने लगे। किसी ने कहा—क्षय का पूर्व लक्षण है; किसी ने बताया—मृगी रोग है। रोग तो दोनों संक्रामक थे; अतः बेचारी भाभियाँ अपने कुटुम्ब की कल्याण-कामना से आकुल होने लगीं। परामर्श करके छोटे भाई के द्वारा उसके देवर को पत्र लिखवाया गया; परन्तु वहाँ से उत्तर आया कि वे लोग उसे पहचानते ही नहीं—जान पड़ता है कि किसी अनाचार के कारण वे उसे उन निर्दोषों के गले मढ़ना चाहते हैं; यदि वे ऐसा करेंगे तो न्यायालय तो कहीं भाग नहीं गए हैं।

निरुपाय होकर बड़ी भाभी ने स्नेहस्निग्ध कण्ठ से अपने पति महोदय से कहा—"अब तो विधवा-विवाह होने लगे हैं। बेचारी बिट्टो का विवाह कर दिया जाय तो कैसा हो।" जिज्ञासु भाई ने जब बहिन के इच्छा के सम्बन्ध में प्रश्न किया, तब भाभी ने ममताभरी वाणी में उनकी नासमझी की टीका करते हुए बताया कि ऐसी इच्छा तो कोई निर्लज्ज लड़की भी नहीं प्रकट करती, बिट्टो लज्जा-साकार है; परन्तु विवाह न होने पर उसका घुट-घुट कर मर जाना निश्चित है।

जिस समाज में 64 वर्ष का व्यक्ति 14 वर्ष की पत्नी चाहता है, वहाँ 32 वर्ष की बिट्टो के पुनर्विवाह की समस्या सुलझा लेना टेढ़ी खीर थी। उसके भाग्य से ही 150 वर्ष की पूर्णायु वाला कोई पुरुष न मिला और उसके जन्म-जन्मान्तर के

अखण्ड पुण्य-फल से हमारे 54 वर्ष के बाबा ने उसके उद्धार का बीड़ा उठाया।

जब भाभी ने उसे यह सुखद समाचार सुनाया, तब पहले तो यह सत्य उसकी बड़ी-बड़ी शून्य आँखों की दृष्टि को भेदकर हृदय तक पहुँच ही नहीं सका और जब अनेक प्रयत्न करने पर पहुँचा, तो उसका परिणाम विपरीत ही हुआ। बिट्टो ने बहुत करुण-क्रन्दन के साथ विवाह का विरोध किया; पर परोपकारियों का मार्ग न समुद्र रोक सकता है और न पर्वत।

किसी ने उसे भाई-भतीजों की कल्याण-कामना की आवश्यकता बताई, किसी ने रोग की संक्रामकता की ओर उसका ध्यान आकर्षित किया और किसी ने उसके जर्जर शरीर की अनुपयोगिता सिद्ध की। सम्भवतः वृद्ध वर को मृत्यु के निकट जानकर ही किसी ने उनके कल्याण की चिन्ता नहीं की। अन्त में एक शुभ मुहूर्त में जलती हुई, पर सूखी आँखों से, बिट्टो ने पितृगृह की देहली को अन्तिम प्रणाम करके धीर पदों से उस कई बार बसे-उजड़े घर में प्रवेश किया, जहाँ उसके आगमन से अपना असहयोग प्रदर्शित करने के लिए एक प्राणी भी स्वागतार्थ उपस्थित न था।

यही उपसंहार-हीन करुण-कथा बिट्टो ने मुझे अनेक भेंटों में खण्ड-खण्ड करके सुनायी। उसकी व्यथा अपनी गम्भीरता के कारण ही दुर्बोध बन गयी थी। हमारे यहाँ का पुरुष उसे ठीक रूप में किस अंश तक समझ सकेगा, यह कहना कठिन है। पुरुष बेचारे की उग्र तपस्या और अखण्ड साधना स्त्री के द्वारा प्रायः भंग होती रहती है, इसी से उसने इस मायाविनी जाति के स्वभाव की व्याख्या करने के लिए पोथे रच डाले हैं।

स्त्री जब किसी साधना को अपना स्वभाव और किसी सत्य को अपनी आत्मा बना लेती है तब पुरुष उसके लिए न महत्त्व का विषय रह जाता है, न भय का कारण, इस सत्य को मान लेना पुरुष के लिए कभी सम्भव नहीं हो सका। अपनी पराजय को बलात् जय का नाम देने के लिए सम्भवतः वह अनेक विषम परिस्थितियों और संकीर्ण सामाजिक धार्मिक बन्धनों में उसे बांधने का प्रयास करता रहता है। साधारण रूप से वैभव के साधन नहीं, मुट्ठी भर अन्न भी स्त्री के सम्पूर्ण जीवन से भारी ठहरता है। फिर भी स्त्री को हारा हुआ मेरा मन कैसे स्वीकार करे, जब तक उसके परिस्थितियों से चूर-चूर हृदय में भी आलोक की लौ जल रही है।

महीयसी बिट्टो को तो एक दिन बस में बैठाकर बिदा ही देनी पड़ी, पर उसकी कहानी मेरे हृदय के कोने-कोने में बस सी गयी। इसी से कभी-कभी उन्हीं सखी महोदया को लिखकर उसके सम्बन्ध में पूछना ही पड़ जाता है।

आज प्रायः चार वर्ष के बाद उसके सम्बन्ध में एक असाधारण समाचार मिला है। सखी ने लिखा है कि वृद्ध विषम ज्वर से पीड़ित होकर अन्तिम घड़ियाँ गिन रहे हैं। बहुएँ तो नहीं; पर दोनों पुत्रों ने आकर मकान, रुपया आदि अपनी धरोहर सँभालने का पुण्य अनुष्ठान आरम्भ कर दिया है। सुपुत्रों को यह तीसरी विमाता फूटी आँख नहीं सुहाती, अतः बेचारी बिट्टो का भविष्य पहिले से अधिक अन्धकारमय है।

मन में आ रहा है कि मन्दबुद्धि सखी को एक लम्बा-चौड़ा व्याख्यान लिख डालूँ। मनु महाराज जो कह गए हैं उसे असत्य प्रमाणित कर कुम्भीपाक में विहार करने की इच्छा न हो तो, यह कहना ही पड़ेगा कि बिट्टो तीसरे विवाह की इच्छा को हृदय के किसी निभृत कोने में छिपाए हुए है और उसके उद्धार के लिए निरन्तर कटिबद्ध वृद्ध परोपकारियों की इस पुण्यभूमि में और विशेषकर इस जाग्रतयुग में कभी नहीं हो सकती।

फिर इतने विलाप-कलाप की क्या आवश्यकता है!

4 जनवरी, 1935

बालिका माँ

फागुन की गुलाबी जाड़े की वह सुनहरी सन्ध्या क्या भुलायी जा सकती है सबेरे के पुलक पंखी वैतालिक एक लयवती उड़ान में अपने-अपने नीड़ों की ओर लौट रहे थे। विरल बादलों के अन्तराल से उन पर चलाए हुए सूर्य के सोने के शब्दबेधी बाण उनकी उन्मद गति में ही उलझ कर लक्ष्य भ्रष्ट हो रहे थे।

पश्चिम में रंगों का उत्सव देखते-देखते जैसे ही मुँह फेरा कि नौकर सामने आ खड़ा हुआ। पता चला, अपना नाम न बताने वाले एक वृद्ध सज्जन मुझसे मिलने की प्रतीक्षा में बहुत देर से बाहर खड़े हैं। उनसे सबेरे आने के लिए कहना अरण्य-रोदन ही हो गया।

मेरी कविता की पहली पंक्ति ही लिखी गयी थी, अतः मन खिसिया-सा आया। मेरे काम से अधिक महत्त्वपूर्ण कौन-सा काम हो सकता है, जिसके लिए असमय में उपस्थित होकर उन्होंने मेरी कविता को प्राण-प्रतिष्ठा से पहले ही खण्डित मूर्ति के समान बना दिया। 'मैं कवि हूँ'' में जब मेरे मन का सम्पूर्ण अभिमान पुञ्जीभूत होने लगा, तब यदि विवेक का 'पर मनुष्य नहीं' में छिपा व्यंग बहुत गहरा न चुभ जाता तो कदाचित् मैं न उठती। कुछ खीझी, कुछ कठोर-सी मैं बिना देखे ही एक नयी और दूसरी पुरानी चप्पल में पैर डालकर जिस तेजी से बाहर आयी, उसी तेजी से उस अवांछित आगन्तुक के सामने निस्तब्ध और निर्वाक हो रही। बचपन में मैंने कभी किसी चित्रकार का बनाया कण्व ऋषि का चित्र देखा था—वृद्ध में मानो वह सजीव हो गया था। दूध से सफेद बाल और दूध-फेनी-सी सफेद दाढ़ी वाला वह मुख झुर्रियों के कारण समय का अंकगणित हो रहा था। कभी की सतेज आँखें आज ऐसी लग रही थीं, मानो किसी ने चमकीले दर्पण पर फूँक मार दी हो। एक क्षण में ही उन्हें धवल सिर से लेकर धूल भरे पैरों तक, कुछ पुरानी काली चप्पलों से लेकर पसीने और मैल की एक बहुत पतली कोर से युक्त खादी की धुली टोपी तक देखकर कहा—'आपको पहचानी नहीं।' अनुभवों से मलिन; पर आँसुओं से उजली उनकी दृष्टि पल भर को उठी, फिर कास के फूल जैसी बरौनियों वाली पलकें झुक आयीं—न जाने व्यथा के भार से, न जाने लज्जा से।

एक क्लान्त पर शान्त कण्ठ ने उत्तर दिया—'जिसके द्वार पर आया है उसका नाम जानता है, इससे अधिक माँगने वाले का परिचय क्या होगा? मेरी पोती आपसे एक बार मिलने के लिए बहुत विकल है। दो दिन से इसी उधेड़ बुन में पड़ा था। आज साहस करके आ सका हूँ—कल तक शायद साहस न ठहरता इसी से मिलने के लिए हठ कर रहा था। पर क्या आप इतना कष्ट स्वीकार करके चल सकेंगी? ताँगा खड़ा है।'

मैं आश्चर्य से वृद्ध की ओर देखती रह गयी—मेरे परिचित ही नहीं अपरिचित भी जानते हैं कि सहज ही कहीं आती-जाती नहीं। यह शायद बाहर से आये हैं। पूछा—'क्या वह नहीं आ सकतीं?' वृद्ध के लज्जित होने का कारण मैं न समझ सकी। उनके ओंठ हिले; पर कोई स्वर न निकल सका—और मुँह फेर कर गीली आँखों को छिपाने की चेष्टा करने लगे। उनका कष्ट देखकर मेरा बीमारी के सम्बन्ध में प्रश्न करना स्वाभाविक ही था। वृद्ध ने नितान्त हताश मुद्रा में स्वीकृतिसूचक मस्तक हिलाकर कुछ बिखरे-से शब्दों में यह स्पष्ट कर दिया कि उनके एक पोती है, जो आठ की अवस्था में मातृ-पितृहीन और ग्यारहवें वर्ष में विधवा हो गयी थी।

अधिक तर्क-वितर्क का अवकाश नहीं था—सोचा, वृद्ध की पोती अवश्य ही मरणासन्न है! बेचारी अभागी बालिका! पर मैं तो कोई डाक्टर या वैद्य नहीं हूँ और मुंडन, कनछेदन आदि में कवि को बुलाने वाले लोग अभी उसे गीतावाचक के समान अन्तिम समय में बुलाना नहीं सीखे हैं। वृद्ध जिस निहोरे के साथ मेरे मुख का प्रत्येक भाव-परिवर्तन देख रहे थे उसी ने मानो मेरे कण्ठ से बलात् कहला दिया—'चलिए किसी को साथ ले लूँ, क्योंकि लौटते-लौटते अँधेरा हो जायेगा।'

नगर की शिराओं के समान फैली और एक दूसरे से उलझी हुई गलियों से जिनमें दूषित रक्त जैसा नालियों का मैला पानी बहता है और रोग के कीटाणुओं की तरह नंगे-मैले बालक घूमते हैं, मेरा उस दिन विशेष परिचय हुआ। किसी प्रकार एक तिमंजिले मकान की सीढ़ियाँ पार कर हम लोग ऊपर पहुँचे। दालान में ही मैली फटी दरी पर, खम्भे का सहारा लेकर बैठी हुई एक स्त्री-मूर्ति दिखाई दी, जिसकी गोद में मैले कपड़ों में लिपटा एक पिण्ड-सा था। वृद्ध मुझे वहीं छोड़कर भीतर के कमरे को पार कर दूसरे ओर के छज्जे पर जा खड़े हुए, जहाँ से उनके थके शरीर और टूटे मन का द्वन्द्व धुँधले चलचित्र का कोई मूक, पर करुण दृश्य बनने लगा।

एक उदासीन कण्ठ से 'आइये' में निकट आने का निमंत्रण पाकर मैंने अभ्यर्थना करने वाली की ओर ध्यान से देखा। वृद्ध से उसकी मुखाकृति इतनी मिलती थी कि आश्चर्य होता था। वही मुख की गठन, उसी प्रकार के चमकीले पर धुँधले

नेत्र और वैसे ही काँपते-से ओंठ। रूखे बाल और मलिन वस्त्रों में उसकी कठोरता वैसी ही दयनीय जान पड़ती थी, जैसी जमीन में बहुत दिन गड़ी रहने के उपरान्त खोदकर निकाली हुई तलवार। कुछ खिजलाहट भरे स्वर ने कहा—'बड़ी दया की, पिछले पाँच महीने में हम जो कष्ट उठा रहे हैं, उसे भगवान् ही जानते हैं। अब जाकर छुट्टी मिली है; पर लड़की का हठ तो देखो। अनाथालय में देने के नाम से बिलखने लगती है, किसी और के पास छोड़ आने की चर्चा से अन्न-जल छोड़ बैठती है। बार-बार समझाया कि जिससे न जान न पहचान उसे ऐसी मुसीबत में घसीटना कहाँ की भलमनसाहत है; पर यहाँ सुनता कौन है! लालाजी बेचारे तो संकोच के मारे जाते हीं न थे; पर जब हार गये, तब झक मार के जाना पड़ा। अब आप ही उद्धार करें तो प्राण बचें।, इस लम्बी-चौड़ी सारगर्भित भूमिका से अवाक् मैं जब कुछ प्रकृतिस्थ हुई तब वस्तुस्थिति मेरे सामने धीरे-धीरे वैसे ही स्पष्ट होने लगी, जैसे पानी में कुछ देर रहने पर तल की वस्तुएँ। यदि यह न कहूँ कि मेरा शरीर सिहर उठा था, पैर अवसन्न हो रहे थे और माथे पर पसीने की बूँदें आ गयी थीं' तो असत्य कहना होगा। सामाजिक विकृति का बौद्धिक निरूपण मैंने अनेक बार किया है; पर जीवन की इस विभीषिका से मेरा यही पहला साक्षात् था। मेरे सुधार सम्बन्धी दृष्टिकोण को लक्ष्य करके परिवार में प्रायः सभी ने कुछ निराश भाव से सिर हिलाकर मुझे यह विश्वास दिलाने का प्रयत्न किया कि मेरी सात्विक कला इस लू का झोंका न सह सकेगी और साधना की छाया में पले मेरे कोमल सपने इस धुएँ में जी न सकेंगे। मैंने अनेक बार सबको यही एक उत्तर दिया है कि कीचड़ से कीचड़ को धो सकना न सम्भव हुआ है न होगा; उसे धोने के लिए निर्मल जल चाहिए। मेरा सदा से विश्वास रहा है कि अपने दलों पर मोती सा जल भी न ठहरने देने वाली कमल की सीमातीत स्वच्छता ही उसे पंक में जमने की शक्ति देती है।

—और तब अपने ऊपर से कुछ लज्जित होकर मैंने उस मटमैले शाल को हटाकर निकट से उसे देखा, जिसको लेकर बाहर-भीतर इतना प्रलय मचा हुआ था। उग्रता की प्रतिमूर्ति-सी नारी की उपेक्षा-भरी गोद और मलिनतम आवरण उस कोमल मुख पर एक अलक्षित करुणा की छाप लगा रहे थे। चिकने काले और छोटे-छोटे बाल पसीने से उसके ललाट पर चिपक कर काले अक्षरों जैसे जान पड़ते थे और मुँदी पलकें गालों पर दो अर्धवृत्त बना रही थीं। छोटी लाल कली जैसा मुँह नींद में खुल गया था और उस पर एक विचित्र-सी छोटी मुस्कुराहट थी, मानों कोई सुन्दर स्वप्न देख रहा हो। इसके आने से कितने भरे हृदय सूख गये, कितनी सूखी आँखों में बाढ़ आ गई और कितनों को जीवन की घड़ियाँ भरना दूभर हो गया, इसका इसे कोई ज्ञान

नहीं। यह अनाहूत, अवाञ्छित अतिथि अपने सम्बन्ध में भी क्या जानता है? इसके आगमन ने इसकी माता को किसी की दृष्टि में आदरणीय नहीं बनाया, इसके स्वागत में मेवे नहीं बँटे, बधाई नहीं गाई गयी, दादा-नाना ने अनेक नाम नहीं सोचे, चाची-ताई ने अपने-अपने नेग के लिए वाद-विवाद नहीं किया और पिता ने इसमें अपनी आत्मा का प्रतिरूप नहीं देखा। केवल इतना ही नहीं, इसके फूटे कपाल में विधाता ने माता का वह अंक भी नहीं लिखा जिसका अधिकारी, निर्धन-से-निर्धन पीड़ित से पीड़ित स्त्री का बालक हो सकता है।

समाज के क्रूर व्यंग से बचने के लिए घोरतम नरक में अज्ञातवास कर जब इसकी माँ ने अकेले यन्त्रणा से छटपटा-छटपटा कर इसे पाया, तब मानो उसकी साँस छूकर ही यह बुझे कोयले में दहकता अंगार हो गया। यह कैसे जीवित रहेगा, इसकी किसी को चिन्ता नहीं है। है तो केवल यह कि कैसे अपने सिर बिना हत्या का भार लिए ही इसे जीवन के भार से मुक्त करने का उपकार मिल सकें। मन पर जब एक गंभीर विषाद असह्य हो उठा, तब उठकर मैंने उस बालिका को देखने की इच्छा प्रकट की। उत्तर में विरक्त-सी बुआ ने दालान की बायीं दिशा में एक अँधेरी कोठरी की ओर उँगली उठा दी।

भीतर जाकर पहले तो कुछ स्पष्ट दिखाई ही नहीं दिया, केवल कपड़ों की सरसराहट के साथ खाट पर एक छाया-सी उठती जान पड़ी; पर कुछ क्षणों में जब आँखें अँधेरे की अभ्यस्त हो गयीं, तब मैंने आले पर रखे हुए दिये के पास से दियासलाई उठाकर उसे जला दिया।

स्मरण नहीं आता वैसी करुणा मैंने कहीं और देखी है। खाट पर बिछी मैली दरी, सहस्रों सिकुड़न भरी मलिन चादर और तेल के कई धब्बे वाले तकिये के साथ मैंने जिस दयनीय मूर्ति से साक्षात् किया उसका ठीक चित्र दे सकना सम्भव नहीं है। वह 18 वर्ष से अधिक की नहीं जान पड़ती थी—दुर्बल और असहाय जैसी। सूखे ओठ वाले, साँवले, पर रक्त-हीनता से पीले मुख में आँखें ऐसी जल रही थीं जैसे तेलहीन दीपक की बत्ती।

उस अस्वाभाविक निस्तब्धता से ही उसकी मानसिक स्थिति का अनुमान कर मैं सिरहाने रखी हुई ऊँची चौकी पर से लोटे को हटा कर उस पर बैठ गयी। और तब जाने किस अज्ञात प्रेरणा से मेरे मन का निष्क्रिय विषाद क्रोध के सहस्र स्फुलिंगों में बदलने लगा।

अपने अकाल वैधव्य के लिए वह दोषी नहीं ठहरायी जा सकती, उसे किसी

ने धोखा दिया, इसका उत्तरदायित्व भी उस पर नहीं रखा जा सकता; पर उसकी आत्मा का जो अंश, हृदय का जो खण्ड उसके सामने है, उसके जीवन-मरण के लिए केवल वही उत्तरदायी है। कोई पुरुष यदि उसको अपनी पत्नी नहीं स्वीकार करता, तो केवल इसी मिथ्या के आधार पर वह अपने जीवन के इस सत्य को, अपने बालक को अस्वीकार कर देंगी? संसार में चाहे इसको कोई परिचयात्मक विशेषण न मिला हो; परन्तु अपने बालक के निकट तो वह गरिमामयी जननी की संज्ञा ही पाती रहेगी? इसी कर्त्तव्य को अस्वीकार करने का यह प्रबन्ध कर रही हैं। किसलिए? केवल इसलिए कि या तो उस वंचक समाज में फिर लौट कर गंगा स्नान कर, व्रत-उपवास, पूजा-पाठ आदि के द्वारा सती विधवा का स्वांग भरती हुई और भूलों की सुविधा पा सके या किसी विधवा-आश्रम में पशु के समान नीलाम पर चढ़ कर कभी नीची, कभी ऊँची बोली पर बिके अन्यथा एक-एक बूँद विष पीकर धीरे-धीरे प्राण दे।

स्त्री अपने बालक को हृदय से लगाकर जितनी निर्भर है, उतनी किसी और अवस्था में नहीं। वह अपनी संतान की रक्षा के समय जैसी उग्र चण्डी है वैसी और किसी स्थिति में नहीं। इसी से कदाचित् लोलुप संसार उसे अपने चक्रव्यूह में घेर कर बाणों से चलनी करने के लिए पहले इसी कवच को छीनने का विधान कर देता है। यदि यह स्त्रियाँ अपने शिशु को गोद में लेकर साहस से कह सके कि 'बर्बरो, तुमने हमारा नारीत्व, पत्नीत्व सब ले लिया; पर हम अपना मातृत्व किसी प्रकार न देंगी' तो इनकी समस्याएँ तुरन्त सुलझ जावें। जो समाज इन्हीं, वीरता, साहस और त्याग भरे मातृत्व के साथ नहीं स्वीकार कर सकता, क्या वह इनकी कायरता और दैन्य भरी मूर्ति को ऊँचे सिंहासन पर प्रतिष्ठित कर पूजेगा? युगों से पुरुष स्त्री को उसकी शक्ति के लिए नहीं, सहनशक्ति के लिए ही दण्ड देता आ रहा है।

मैं अपने भावावेश में इतनी अस्थिर हो उठी थी कि उस समय का कहा-सुना आज उसी रूप में ठीक-ठीक याद नहीं आता। परन्तु जब उसने खाट से जमीन पर उतर कर अपनी दुर्बल बाँहों से मेरे पैरों को घेरते हुए मेरे घुटनों में मुँह छिपा लिया, तब उसकी चुपचाप बरसती हुई आँखों का अनुभव कर मेरा मन पश्चात्ताप से व्याकुल होने लगा।

उसने अपने नीरव आँसुओं में अस्फुट शब्द गूँथ-गूँथ कर मुझे यह समझाने का प्रयत्न किया कि वह अपने बच्चे को नहीं देना चाहती। यदि उसके दादाजी राजी न हों, तो मैं उसके लिए ऐसा प्रबन्ध कर दूँ, जिससे उसे दिन में एक बार दो रूखी-सूखी रोटियाँ मिल सकें। कपड़े वह मेरे उतारे ही पहन लेगी और कोई विशेष खर्च उसका नहीं है। फिर जब बच्चा बड़ा हो जायेगा, तब जो काम मैं उसको बता दूँगी,

वही तन-मन से करती वह जीवन बिता देगी।

पर जब तक वह फिर कोई अपराध न करे, तब तक मैं अपने ऊपर उसका वही अधिकार बना रहने दूँ, जिसे वह मेरी लड़की के रूप में पा सकती थी। उसके माँ नहीं है, इसी से उसकी इतनी दुर्दशा सम्भव हो सकी—अब यदि मैं उसे माँ की ममता भरी छाया दे सकूँ, तो वह अपने बालक के साथ कहीं भी सुरक्षित रह सकेगी।

उस बालिका माता के मस्तक पर हाथ रखकर मैं सोचने लगी कि कहीं यह वरद हो सकता! इस पतझड़ के युग में समाज से फूल चाहे न मिल सके; पर धूल की किसी स्त्री को भी कमी नहीं रह सकती, इस सत्य को यह रक्षा की याचना करने वाली नहीं जानती।

—पर 27 वर्ष की अवस्था में मुझे 18 वर्षीय लड़की और 22 दिन के नाती का भार स्वीकार करना ही पड़ा।

वृद्ध अपने सहानुभूतिहीन प्रान्त में भी लौट जाना चाहते थे, उपहास भरे समाज की विडम्बना में भी शेष दिन बिताने को इच्छुक थे और व्यंग भरे क्रूर पड़ोसियों से भी मिलने को आकुल थे; परन्तु मनुष्य की ऊँची पुकार में यह संस्कार के क्षीण स्वर दब गये।

अब आज तो वे किसी अज्ञात लोक में हैं। मलय के झोंके के समान मुझे कण्टक-वन में खींच लाकर उन्होंने जो दो फूलों की धरोहर सौंपी थी, उससे मुझे स्नेह की सुरभि ही मिली है। हाँ, उन फूलों में से एक को शिकायत है कि मैं उसकी गाथा सुनने का अवकाश नहीं पाती और दूसरा कहता है कि मैं राजकुमार की कहानी नहीं सुनाती।

21 नवम्बर, 1935

घीसा

वर्तमान की कौन-सी अज्ञात प्रेरणा हमारे अतीत की किसी भूली हुई कथा को सम्पूर्ण मार्मिकता के साथ दोहरा जाती है, यह जान लेना सहज होता, तो मैं भी आज गाँव के उस मलिन सहमे नन्हें-से विद्यार्थी की सहसा याद आ जाने का कारण बता सकती, जो एक छोटी लहर के समान ही मेरे जीवन-तट को अपनी सारी आर्द्रता से छूकर अनन्त जलराशि में विलीन हो गया है।

गंगा पार झूँसी के खँडहर और उसके आस-पास के गाँवों के प्रति मेरा जैसा अकारण आकर्षण रहा है, उसे देख कर ही सम्भवतः लोग जन्म-जन्मान्तर के सम्बन्ध का व्यंग करने लगे हैं। है भी तो आश्चर्य की बात! जिस अवकाश के समय को लोग इष्ट-मित्रों से मिलने, उत्सवों में सम्मिलित होने तथा अन्य आमोद-प्रमोद के लिए सुरक्षित रखते हैं, उसी को मैं इस खंडहर और उसके क्षत-विक्षत चरणों पर पछाड़ें खाती हुई भागीरथी के तट पर काट ही नहीं, सुख से काट देती हूँ।

दूर-पास बसे हुए, गुड़ियों के बड़े-बड़े घरौदों के समान लगने वाले कुछ लिपे-पुते, कुछ जीर्ण-शीर्ण घरों से स्त्रियों का झुण्ड पीतल-ताँबे के चमचमाते मिट्टी के नये लाल और पुराने भदरंग घड़े लेकर गंगाजल भरने आता है, उसे भी मैं पहचान गयी हूँ। उनमें कोई बूटेदार लाल, कोई कुछ सफेद और कोई मैल और सूत में अद्वैत स्थापित करने वाली, कोई कुछ नई और कोई छेदों से चलनी बनी हुई धोती पहने रहती हैं। किसी की मोम लगी पाटियों के बीच में एक अंगुल चौड़ी सिंदूर-रेखा अस्त होते हुए सूर्य की किरणों में चमकती रहती है और किसी के कड़वे तेल से भी अपरिचित रूखी जटा बनी हुई छोटी-छोटी लटें मुख को घेर कर उसकी उदासी को और अधिक केन्द्रित कर देती हैं। किसी की साँवली गोल कलाई पर शहर की कच्ची नगदार चूड़ियों के नग रह-रहकर हीरे-से चमक जाते हैं और किसी के दुर्बल काले पहुँचे पर लाख की पीली मैली चूड़ियाँ काले पत्थर पर मटमैले चन्दन की मोटी लकीरें जान पड़ती हैं। कोई अपने गिलट के कड़े-युक्त हाथ घड़े की ओट में छिपाने का प्रयत्न-सा करती रहती है और कोई चाँदी के पछेली-ककना की झनकार के साथ ही बात करती है। किसी के कान में लाख की पैसे वाली तरकी धोती से कभी-कभी

झाँकभर लेती है और किसी की ढारें लम्बी जंजीर से गला और गाल एक करती रहती है। किसी के गुदना गुदे गेहुँए पैरों में चाँदी के कड़े सुडौलता की परिधि-सी लगते हैं और किसी की फैली उँगलियों और सफेद एड़ियों के साथ मिली हुई स्याही राँगे और काँसे के कड़ों को लोहे की साफ की हुई बेड़ियाँ बना देती है।

वे सब पहले हाथ-मुँह धोती हैं, फिर पानी में कुछ घुसकर घड़ा भर लेती हैं— तब घड़ा किनारे रख, सिर पर इँडुरी ठीक करती हुई मेरी ओर देखकर कभी मलिन, कभी उजली, कभी दुःख की व्यथा-भरी, कभी सुख की कथा-भरी मुस्कान से मुस्करा देती हैं। अपने-मेरे बीच का अन्तर उन्हें ज्ञात है, तभी कदाचित् वे इस मुस्कान के सेतु से उसका वार-पार जोड़ना नहीं भूलतीं।

ग्वालों के बालक अपनी चरती हुई गाय-भैंसों में से किसी को उस ओर बहकते देखकर ही लकुटी लेकर दौड़ पड़ते, गड़रियों के बच्चे अपने झुण्ड की एक भी बकरी या भेंड़ को उस ओर बढ़ते देखकर कान पकड़कर खींच ले जाते हैं और व्यर्थ दिन भर गिल्ली-डंडा खेलनेवाले निठल्ले लड़के भी बीच-बीच में नजर बचाकर मेरा रुख देखना नहीं भूलते।

उस पार शहर में दूध बेचने जाते या लौटते हुए ग्वाले, किले में काम करने जाते या घर आते हुए मजदूर, नाव बाँधते या खोलते हुए मल्लाह, कभी-कभी 'चुनरी त रँगाउब लाल मजीठी हो' गाते-गाते मुझ पर दृष्टि पड़ते ही अचकचा कर चुप हो जाते हैं। कुछ विशेष सभ्य होने का गर्व करने वालों से मुझे एक सलज्ज नमस्कार भी प्राप्त हो जाता है।

कह नहीं सकती, कब और कैसे मुझे उन बालकों को कुछ सिखाने का ध्यान आया; पर जब बिना कार्यकारिणी के निर्वाचन के, बिना पदाधिकारियों के चुनाव के, बिना भवन के, बिना चंदे की अपील के और सारांश यह कि बिना किसी चिर-परिचित समारोह के, मेरे विद्यार्थी पीपल के पेड़ की घनी छाया में मेरे चारों ओर एकत्र हो गये, तब मैं बड़ी कठिनाई से गुरु के उपयुक्त गम्भीरता का भार वहन कर सकी।

और वे जिज्ञासु कैसे थे सो कैसे बताऊँ! कुछ कानों में बालियाँ और हाथों में कड़े पहने, धुले कुरते और ऊँची धोती में नगर और ग्राम का सम्मिश्रण जान पड़ते थे, कुछ अपने बड़े भाई का पाँव तक लम्बा कुरता पहने खेत में डराने के लिए खड़े किये हुए नकली आदमी का स्मरण दिलाते थे, कुछ उभरी पसलियों, बड़े पेट और टेढ़ी दुर्बल टाँगों के कारण अनुमान से ही मनुष्य-संतान की परिभाषा में आ सकते थे और कुछ अपने दुर्बल, रूखे और मलिन मुखों की करुण सौम्यता और निष्प्रभ

पीली आँखों में संसार भर की उपेक्षा बटोर बैठे थे; पर घीसा उनमें अकेला ही रहा और आज भी मेरी स्मृति में अकेला ही आता है।

वह गोधूली मुझे अब तक नहीं भूली। सन्ध्या के लाल सुनहली आभा वाले उड़ते हुए दुकूल पर रात्रि ने मानो छिपकर अंजन की मूठ चला दी थी। मेरा नाव वाला कुछ चिन्तित-सा लहरों की ओर देख रहा था; बूढ़ी भक्तिन मेरी किताबें, कागज-कलम आदि सँभाल कर नाव पर रख कर बढ़ते अन्धकार पर खिजलाकर बुदबुदा रही थी, या मुझे कुछ सनकी बनाने वाले विधाता पर, यह समझना कठिन था। बेचारी मेरे साथ रहते-रहते दस लम्बे वर्ष काट आयी है, नौकरानी से अपने-आपको एक प्रकार की अभिभाविका मानने लगी है; परन्तु मेरी सनक का दुष्परिणाम सहने के अतिरिक्त उसे क्या मिला है? सहसा ममता से मेरा मन भर आया; परन्तु नाव की ओर बढ़ते हुए मेरे पैर, फैलते हुए अन्धकार में से एक स्त्री-मूर्ति को अपनी ओर आता देख ठिठक रहे। साँवले, कुछ लम्बे-से मुखड़े में पतले स्याह ओठ कुछ अधिक स्पष्ट हो रहे थे। आँखें छोटी पर व्यथा से आर्द्र थीं। मलिन, बिना किनारी की गाढ़े की धोती ने उसके सलूका रहित अंगों को भली-भाँति ढँक लिया था; परन्तु तब भी शरीर की सुडौलता का आभास मिल रहा था। कन्धे पर हाथ रखकर वह जिस दुर्बल अर्धनग्न बालक को अपने पैरों से चिपकाये हुए थी, उसे मैंने सन्ध्या के झुटपुटे में ठीक से नहीं देखा।

स्त्री ने रुक-रुककर कुछ शब्दों और कुछ संकेत में जो कहा, उससे मैं केवल यह समझ सकी कि उसके पति नहीं है, दूसरों के घर लीपने-पोतने का काम करने वह चली जाती है और उसका यह अकेला लड़का ऐसे ही घूमता रहता है। मैं इसे भी और बच्चों के साथ बैठने दिया करूँ, तो यह कुछ तो सीख सके।

दूसरे इतवार को मैंने उसे सबसे पीछे अकेले एक ओर दुबक कर बैठे हुए देखा। पक्का रंग, पर गठन में विशेष सुडौल, मलिन मुख जिसमें दो पीली, पर सचेत आँखें जड़ी-सी जान पड़ती थीं। कस कर बन्द किये हुए पतले होंठों की दृढ़ता और सिर पर खड़े हुए छोटे-छोटे रूखे बालों की उग्रता उसके मुख की संकोच भरी कोमलता से विद्रोह कर रही थी। उभरी हड्डियों वाली गर्दन को सँभाले हुए झुके कन्धों से, रक्तहीन मटमैली हथेलियों और टेढ़े-मेढ़े कटे हुए नाखूनों युक्त हाथों वाली पतली बाँहें ऐसी झूलती थीं, जैसे ड्रामा में विष्णु बनने वाले की दो नकली भुजाएँ। निरन्तर दौड़ते रहने के कारण उस लचीले शरीर में दुबले पैर ही विशेष पुष्ट जान पड़ते थे।—बस ऐसा ही था वह, न नाम में कवित्व की गुंजाइश, न शरीर में।

पर उसकी सचेत आँखों में न जाने कौन-सी जिज्ञासा भरी थी। वे निरन्तर घड़ी

की तरह खुली मेरे मुख पर टिकी ही रहती थीं। मानो मेरी सारी विद्या-बुद्धि को सीख लेना ही उनका ध्येय था।

लड़के उससे कुछ खिंचे-खिंचे से रहते थे। इसलिए नहीं कि वह कोरी था, वरन् इसलिए कि किसी की माँ, किसी की नानी, किसी की बुआ आदि ने घीसा से दूर रहने की नितान्त आवश्यकता उन्हें कान पकड़-पकड़ कर समझा दी थी।—यह भी उन्होंने बताया और बताया घीसा के सबसे अधिक कुरूप नाम का रहस्य। बाप तो जन्म से पहले ही नहीं रहा। घर में कोई देखने-भालने वाला न होने के कारण माँ उसे बँदरिया के बच्चे के समान चिपकाये फिरती थी। उसे एक ओर लिटाकर जब वह मजदूरी के काम में लग जाती थी, तब पेट के बल घसिट-घसिट कर बालक संसार के प्रथम अनुभव के साथ-साथ इस नाम की योग्यता भी प्राप्त करता जाता था।

फिर धीरे-धीरे अन्य स्त्रियाँ भी मुझे आते-जाते रोककर अनेक प्रकार की भाव-भंगिमा के साथ एक विचित्र सांकेतिक भाषा में घीसा की जन्म-जात अयोग्यता का परिचय देने लगीं। क्रमशः मैंने उसके नाम के अतिरिक्त और कुछ भी जाना।

उसका बाप था तो कोरी, पर बड़ा ही अभिमानी और भला आदमी बनने का इच्छुक। डलिया आदि बुनने का काम छोड़ कर वह थोड़ी बढ़ईगीरी सीख आया और केवल इतना ही नहीं, एक दिन चुपचाप दूसरे गाँव से युवती बधू लाकर उसने अपने गाँव की सब सजातीय सुन्दरी बालिकाओं को उपेक्षित और उनके योग्य माता-पिता को निराश कर डाला। मनुष्य इतना अन्याय सह सकता है; परन्तु ऐसे अवसर पर भगवान् की असहिष्णुता प्रसिद्ध ही है। इसी से जब गाँव के चौखट-किवाड़ बनाकर और ठाकुरों के घरों में सफेदी करके उसने कुछ ठाट-बाट से रहना आरम्भ किया, तब अचानक हैज़े के बहाने वह वहाँ बुला लिया गया, जहाँ न जाने का बहाना न उसकी बुद्धि सोच सकी, न अभिमान। पर स्त्री भी कम गर्वीली न निकली। गाँव के अनेक विधुर और अविवाहित कोरियों ने केवल उदारता वश ही उसकी नैया पार लगाने का उत्तरदायित्व लेना चाहा; परन्तु उसने केवल कोरा उत्तर ही नहीं दिया, प्रत्युत् उसे नमक-मिर्च लगाकर तीत भी कर दिया। कहा—'हम सिंघ के मेहरारू होइके का सियारन के जाब।' फिर बिना स्वर-ताल के आँसू गिराकर, बाल खोलकर, चूड़ियाँ फोड़कर और बिना किनारे की धोती पहनकर जब उसने बड़े घर की विधवा का स्वाँग भरना आरम्भ किया, तब तो सारा समाज क्षोभ के समुद्र में डूबने-उतराने लगा। उस पर घीसा बाप के मरने के बाद हुआ है। हुआ तो वास्तव में छः महीने बाद, परन्तु उस समय के सम्बन्ध में क्या कहा जाय, जिसका कभी एक क्षण वर्ष-सा बीतता है और कभी एक वर्ष क्षण हो जाता है। इसी से यदि वह छः मास का

समय रबर की तरह खिंचकर एक साल की अवधि तक पहुँच गया, तो इसमें गाँव वालों का क्या दोष!

यह कथा अनेक क्षेपकोमय विस्तार के साथ सुनाई तो गयी थी मेरा मन फेरने के लिए, और मन फिरा भी; परन्तु किसी सनातन नियम से कथावाचक की ओर न फिर कर कथा के नायकों की ओर फिर गया और इस प्रकार घीसा मेरे और अधिक निकट आ गया। वह अपना जीवन-सम्बन्धी अपवाद कदाचित् पूरा नहीं समझ पाया था; परन्तु अधूरे का भी प्रभाव उस पर कम न था, क्योंकि वह सबको अपनी छाया से इस प्रकार बचाता रहता था, मानो उसे कोई छूत की बीमारी हो।

पढ़ने, उसे सबसे पहले समझने, उसे व्यवहार के समय स्मरण रखने, पुस्तक में एक भी धब्बा न लगाने, स्लेट को चमचमाती रखने और अपने छोटे-से-छोटे काम का उत्तरदायित्व बड़ी गम्भीरता से निभाने में उसके समान कोई चतुर न था। इसी से कभी-कभी मन चाहता था कि उसकी माँ से उसे माँग ले जाऊँ और अपने पास रखकर उसके विकास की उचित व्यवस्था कर दूँ—परन्तु उस उपेक्षिता, पर मानिनी विधवा का वही एक सहारा था। वह अपने पति का स्थान छोड़ने पर प्रस्तुत न होगी, वह भी मेरा मन जानता था और उस बालक के बिना उसका जीवन कितना दुर्वह हो सकता है, यह भी मुझसे छिपा न था। फिर नौ साल के कर्त्तव्यपरायण घीसा की गुरु-भक्ति देखकर उसकी मातृ-भक्ति के सम्बन्ध में कुछ सन्देह करने का स्थान ही नहीं रह जाता था और इस तरह घीसा वहीं और उन्हीं कठोर परिस्थितियों में रहा, जहाँ क्रूरतम नियति ने केवल अपने मनोविनोद के लिए ही उसे रख दिया था।

शनिश्चर के दिन ही वह अपने छोटे दुर्बल हाथों से पीपल की छाया को गोबर-मिट्टी से पीला चिकनापन दे आता था। फिर इतवार को माँ के मजदूरी पर जाते ही एक मैले, फटे कपड़े में बँधी मोटी-रोटी और कुछ नमक या थोड़ा चबेना और एक डली गुड़ बगल में दबाकर, पीपल की छाया को एक बार फिर झाड़ने-बुहारने के पश्चात् वह गंगा के तट पर आ बैठता और अपनी पीली सतेज आँखों पर क्षीण साँवले हाथ की छाया कर दूर-दूर तक दृष्टि को दौड़ाता रहता। जैसे ही उसे मेरी नीली सफेद नाव की झलक दिखाई पड़ती वैसे ही वह अपनी पतली टाँगों पर तीर के समान उड़ता और बिना नाम लिए हुए ही साथियों को सुनाने के लिए गुरु साहब कहता हुआ फिर पेड़ के नीचे पहुँच जाता, जहाँ न जाने कितनी बार दुहराये-तिहराये हुए कार्यक्रम की एक अन्तिम आवृत्ति आवश्यक हो उठती। पेड़ की नीची डाल पर रखी हुई मेरी शीतलपाटी उतार कर बार-बार झाड़-पोंछकर बिछायी जाती, कभी काम न आनेवाली सूखी स्याही से काली कच्चे काँच की दावात टूटे निब और उखड़े हुए रंगवाले भूरे,

हरे कलम के साथ पेड़ के कोटर से निकालकर यथास्थान रख दी जाती और तब इस विचित्र पाठशाला का विचित्र मंत्री और निराला विद्यार्थी कुछ आगे बढ़कर मेरे सप्रणाम स्वागत के लिए प्रस्तुत हो जाता।

महीने में चार दिन ही मैं वहाँ पहुँच सकती थी और कभी-कभी काम की अधिकता से एक आध छुट्टी का दिन और भी निकल जाता था; पर उस थोड़े-से समय और इने-गिने दिनों में भी मुझे उस बालक के हृदय का जैसा परिचय मिला, वह चित्र के एल्बम के समान निरन्तर नवीन-सा लगता है।

मुझे आज भी वह दिन नहीं भूलता जब मैंने बिना कपड़ों का प्रबन्ध किये हुए ही उन बेचारों को सफाई का महत्त्व समझाते-समझाते थका डालने की मूर्खता की। दूसरे इतवार को सब जैसे-के-तैसे ही सामने थे—केवल कुछ गंगाजी में मुँह इस तरह धो आये थे कि मैल अनेक रेखाओं में विभक्त हो गया था, कुछ के हाथ-पाँव ऐसे घिसे थे कि शेष मलिन शरीर के साथ वे अलग जोड़े हुए से लगते थे और कुछ 'न रहेगा बाँस न बजेगी बाँसुरी' की कहावत चरितार्थ करने के लिये कीट-से मैले फटे पुराने कुर्ते घर ही छोड़ कर ऐसे अस्थिपंजरमय रूप में आ उपस्थित हुए थे, जिसमें उनके प्राण, 'रहने का आश्चर्य है, गये अचम्भा कौन' की घोषणा करते जान पड़ते थे; पर घीसा गायब था। पूछने पर लड़के कानाफूसी करने का या एक साथ सभी उसकी अनुपस्थिति का कारण सुनाने को आतुर होने लगे। एक-एक शब्द जोड़-तोड़कर समझना पड़ा कि घीसा माँ से कपड़ा धोने के साबुन के लिए तभी से कह रहा था—माँ को मजदूरी के पैसे मिले नहीं और दूकानदार ने नाज लेकर साबुन दिया नहीं। कल रात को माँ को पैसे मिले और आज सवेरे वह सब काम छोड़कर पहले साबुन लेने गयी। अभी लौटी है, अतः घीसा कपड़े धो रहा है, क्योंकि गुरु साहब ने कहा था कि नहा धोकर साफ कपड़े पहन कर आना। और अभागे के पास कपड़े ही क्या थे। किसी दयावती का दिया हुआ एक पुराना कुरता, जिसकी एक आस्तीन आधी थी, और एक अँगोछा-जैसा फटा टुकड़ा। जब घीसा नहाकर गीला अँगोछा लपेटे और आधा भीगा कुरता पहने अपराधी के समान मेरे सामने आ खड़ा हुआ, तब आँखें ही नहीं मेरा रोम-रोम गीला हो गया। उस समय समझ में आया कि द्रोणाचार्य ने अपने भील शिष्य का अँगूठा कैसे कटवा लिया था। एक दिन न जाने क्या सोचकर मैं उन विद्यार्थियों के लिए 5-6 सेर जलेबियाँ ले गयी; पर कुछ तोलने वाले की सफाई से, कुछ तुलवाने वाले की समझदारी से और कुछ वहाँ की छीना-झपटी के कारण प्रत्येक को पाँच से अधिक न मिल सकीं। एक कहता था—मुझे एक कम मिली; दूसरे ने बताया—मेरी अमुक ने छीन ली। तीसरे को घर में सोते हुए छोटे

भाई के लिए चाहिए। चौथे को किसी और की याद आ गयी। पर इस कोलाहल में अपने हिस्से की जलेबियाँ लेकर घीसा कहाँ खिसक गया, यह कोई न जान सका। एक नटखट अपने साथी से कह रहा था—'सार एक ठो पिलवा पाले है, ओही का देय बरे गा होई' पर मेरी दृष्टि से संकुचित होकर चुप रह गया और तब तक घीसा लौटा ही। उसका सब हिसाब ठीक था—जलखई वाले छन्ने में दो जलेबियाँ लपेट कर वह माई के लिए छप्पर में खोंस आया है, एक उसने अपने पाले हुए, बिना माँ के कुत्ते के पिल्ले को खिला दी और दो स्वयं खा लीं। 'और चाहिए' पूछने पर उसकी संकोच भरी आँखें झुक गयीं—ओठ कुछ हिले। पता चला कि पिल्ले को उससे कम मिली है। दें तो गुरु साहब पिल्ले को ही एक और दे दें।

और होली के पहले की एक घटना तो मेरी स्मृति में ऐसे गहरे रंगों से अंकित है, जिसका धुल सकना सहज नहीं। उन दिनों हिन्दू-मुस्लिम वैमनस्य धीरे-धीरे बढ़ रहा था और किसी दिन उसके चरम सीमा तक पहुँच जाने की पूर्ण संभावना थी। घीसा दो सप्ताह से ज्वर में पड़ा था—दवा मैं भिजवा देती थी; परन्तु देख-भाल का कोई ठीक प्रबन्ध न हो पाता था। दो-चार दिन उसकी माँ स्वयं बैठी रही। फिर एक अन्धी बुढ़िया को बैठाकर काम पर जाने लगी।

इतवार की साँझ को मैं बच्चों को विदा दे, घीसा को देखने चली; परन्तु पीपल के पचास पग पर पहुँचते-पहुँचते उसी को डगमगाते पैरों से गिरते-पड़ते अपनी ओर आते देख, मेरा मन उद्विग्न हो उठा। वह तो इधर पन्द्रह दिन से उठा ही नहीं था; अतः मुझे उसके सन्निपातग्रस्त होने का ही सन्देह हुआ। उसके सूखे शरीर में तरल विद्युत-सी दौड़ रही थी, आँखें और भी सतेज और मुख ऐसा था, जैसे हल्की आँच में धीरे-धीरे लाल होने वाला लोहे का टुकड़ा।

पर उसके वातग्रस्त होने से भी अधिक चिन्ताजनक उसकी समझदारी की कहानी निकली। वह प्यास से जाग गया था; पर पानी पास मिला नहीं और मनियाँ की अन्धी आजी से माँगना ठीक न समझकर वह चुपचाप कष्ट सहने लगा। इतने में मुल्लू के कक्का ने पार से लौटकर दरवाजे से ही अन्धी को बताया कि शहर में दंगा हो रहा है और तब उसे गुरु साहब का ध्यान आया। मुल्लू के कक्का के हटते ही वह ऐसे हौले-हौले उठा कि बुढ़िया को पता ही न चला और कभी दीवार, कभी पेड़ का सहारा लेता-लेता इस ओर भागा। अब वह गुरु साहब के गोड़ धर कर यहीं पड़ा रहेगा; पर पार किसी तरह भी न जाने देगा।

तब मेरी समस्या और भी जटिल हो गयी। पार तो मुझे पहुँचना था ही; पर साथ ही बीमार घीसा को ऐसे समझाकर, जिससे उसकी स्थिति और गम्भीर न हो जाय।

पर सदा के संकोची, नम्र और आज्ञाकारी घीसा का इस दृढ़ और हठी बालक में पता ही न चलता था। उसने पारसाल ऐसे ही अवसर पर हताहत दो मल्लाह देखे थे और कदाचित् इस समय उसका रोग से विकृत मस्तिष्क उन चित्रों में गहरा रंग भरकर मेरी उलझन को और उलझा रहा था। पर उसे समझाने का प्रयत्न करते-करते अचानक ही मैंने एक ऐसा तार छू दिया, जिसका स्वर मेरे लिए भी नया था। यह सुनते ही कि मेरे पास रेल में बैठकर दूर-दूर से आए हुए बहुत-से विद्यार्थी हैं जो अपनी माँ के पास साल भर में एक बार ही पहुँच पाते हैं और जो मेरे न जाने से अकेले घबरा जायेंगे, घीसा का सारा हठ, सारा विरोध ऐसा बह गया जैसे वह कभी था ही नहीं।—और तब घीसा के समान तर्क की क्षमता किसमें थी! जो साँझ को अपनी माई के पास नहीं जा सकते, उनके पास गुरु साहब को जाना ही चाहिए। घीसा रोकेगा, तो उसके भगवान् जी गुस्सा हो जायेंगे। क्योंकि वे ही तो घीसा को अकेला बेकार घूमता देखकर गुरु साहब को भेज देते हैं, आदि-आदि उसके तर्कों का स्मरण कर आज भी मन भर जाता है परन्तु उस दिन मुझे आपत्ति से बचाने के लिए अपने बुखार से जलते हुए अशक्त शरीर को घसीट लाने वाले घीसा को जब उसकी टूटी खटिया पर लिटा कर मैं लौटी, तब मेरे मन में कौतूहल की मात्रा ही अधिक थी।

इसके उपरान्त घीसा अच्छा हो गया और धूल और सूखी पत्तियों को बाँधकर उन्मत्त के समान घूमने वाली गर्मी की हवा से उसका रोज संग्राम छिड़ने लगा—झाड़ते-झाड़ते ही वह पाठशाला धूला-धूसरित होकर भूरे, पीले और कुछ हरे पत्तों की चादर में छिपकर तथा कंकालशेषी शाखाओं में उलझते, सूखे पत्तों को पुकारते वायु की संतप्त सरसर से मुखरित होकर उस भ्रान्त बालक को चिढ़ाने लगती। तब मैंने तीसरे पहर से सन्ध्या समय तक वहाँ रहने का निश्चय किया; परन्तु पता चला, घीसा किसकिसाती आँखों को मलता और पुस्तक से बार-बार धूल झाड़ता हुआ दिन भर वहीं पेड़ के नीचे बैठा रहता है, मानो वह किसी प्राचीन युग का तपोव्रती अनागरिक ब्रह्मचारी हो, जिसकी तपस्या भंग के लिये ही लू के झोंके आते हैं।

इस प्रकार चलते-चलते समय ने जब दाईं छूने के लिए दौड़े हुए बालक के समान झपट कर उस दिन पर उँगली धर दी, जब मुझे उन लोगों को छोड़ जाना था, तब तो मेरा मन बहुत ही अस्थिर हो उठा। कुछ बालक उदास थे और कुछ खेलने की छुट्टी से प्रसन्न! कुछ जानना चाहते थे कि छुट्टियों के दिन चूने की टिपकियाँ रखकर गिने जायँ, या कोयले की लकीरें खींचकर। कुछ के सामने बरसात में चूते हुए घर में आठ पृष्ठ की पुस्तक बचा रखने का प्रश्न था और कुछ कागजों पर चूहों के आक्रमण की ही समस्या का समाधान चाहते थे। ऐसे महत्त्वपूर्ण कोलाहल में घीसा

न जाने कैसे अपना रहना अनावश्यक समझ लेता था, अतः सदा के समान आज भी मैंने उसे न खोज पाया। जब मैं कुछ चिन्तित सी वहाँ से चली, तब मन भारी-भारी हो रहा था, आँखों में कोहरा सा घिर-घिर आता था। वास्तव में उन दिनों डॉक्टरों को मेरे पेट में फोड़ा होने का सन्देह हो रहा था—ऑपरेशन की सम्भावना थी। कब लौटूँगी या नहीं लौटूँगी, यही सोचते-सोचते मैंने फिर कर चारों और जो आर्द्र दृष्टि डाली, वह कुछ समय तक उन परिचित स्थानों को भेंट कर वहीं उलझ रही।

पृथ्वी के उच्छ्वास के समान उठते हुए धुँधलेपन में वे कच्चे घर आकण्ठ मग्न हो गये थे—केवल फूस के मटमैले और खपरैले के कत्थई और काले छप्पर, वर्षा में बढ़ी गंगा के मिट्टी-जैसे जल में पुरानी नावों के समान जान पड़ते थे। कछार की बालू में दूर तक फैले तरबूज और खरबूजे के खेत अपनी सिरकी और फूस के मुट्ठियों, टट्टियों और रखवाली के लिए बनी पर्णकुटियों के कारण जल में बसे किसी आदिम द्वीप का स्मरण दिलाते थे। उनमें एक-दो दिये जल चुके थे, तब मैंने दूर पर एक छोटा-सा काला धब्बा आगे बढ़ता देखा। वह घीसा ही होगा। यह मैंने दूर से ही जान लिया। आज गुरु साहब को उसे बिदा देना है, यह उसका नन्हा हृदय अपनी पूरी संवेदना-शक्ति से जान रहा था, इसमतें सन्देह नहीं था। परन्तु उस उपेक्षित बालक के मन में मेरे लिए कितनी सरल ममता और मेरे विछोह की कितनी व्यथा हो सकती है, यह जानना मेरे लिए शेष था।

निकट आने पर देखा कि उस धूमिल गोधूली में बादामी कागज पर काले चित्र के समान लगने वाला नंगे बदन घीसा एक बड़ा तरबूज दोनों हाथों में सम्हाले था, जिसमें बीच के कुछ कटे भाग में से भीतर की ईषत-लक्ष्य ललाई चारों ओर के गहरे हरेपन में कुछ बन्द गुलाबी फूल-जैसी जान पड़ती थी।

घीसा के पास न पैसा था न खेत—तब क्या वह इसे चुरा लाया है! मन का सन्देह बाहर आया ही और तब मैंने जाना कि जीवन का खरा सोना छिपाने के लिए उस मलिन शरीर को बनाने वाला ईश्वर उस बूढ़े आदमी से भिन्न नहीं, जो अपनी सोने की मोहर को कच्ची मिट्टी की दीवार में रखकर निश्चिन्त हो जाता है। घीसा गुरु साहब के झूठ बोलना भगवान् जी से झूठ बोलना समझता है। वह तरबूज कई दिन पहले देख आया था। माई के लौटने में जाने क्यों देर हो गयी, तब उसे अकेले ही खेत पर जाना पड़ा। वहाँ खेत वाले का लड़का था, जिसकी उसके नये कुरते पर बहुत दिन से नजर थी। प्रायः सुना-सुना कर कहता रहता था जिनकी भूख जूठी पत्तल से बुझ सकती है, उनके लिए परोसा लगाने वाले पागल होते हैं। उसने कहा—पैसा नहीं है, तो कुरता दे जाओ। और घीसा आज तरबूज न लेता, तो कल उसका क्या

करता। इससे कुरता दे आया; पर गुरु साहब को चिन्ता करने की आवश्यकता नहीं, क्योंकि गर्मी में वह कुरता पहनता ही नहीं और जाने-आने के लिए पुराना ठीक रहेगा। तरबूज सफेद न हो, इसलिए कटवाना पड़ा—मीठा है या नहीं यह देखने के लिए उँगली से कुछ निकाल भी लेना पड़ा।

गुरु साहब न लें, तो घीसा रात भर रोयेगा—छुट्टी भर रोयेगा। ले जावें तो वह रोज नहा-धोकर पेड़ के नीचे पढ़ा हुआ पाठ दोहराता रहेगा और छुट्टी के बाद पूरी किताब पट्टी पर लिखकर दिखा सकेगा।

और तब अपने स्नेह में प्रगल्भ उस बालक के सिर पर हाथ रखकर मैं भावातिरेक से ही निश्चल हो रही। उस तट पर किसी गुरु को किसी शिष्य से कभी ऐसी दक्षिणा मिली होगी, ऐसा मुझे विश्वास नहीं; परन्तु उस दक्षिणा के सामने संसार में अब तक सारे आदान-प्रदान फीके जान पड़े।

फिर घीसा के सुख का विशेष प्रबन्ध कर मैं बाहर चली गयी और लौटते-लौटते कई महीने लग गये। इस बीच में उसका कोई समाचार न मिलना ही सम्भव था। जब फिर उस ओर जाने का मुझे अवकाश मिल सका, तब घीसा को उसके भगवान् जी ने सदा के लिए पढ़ने का अवकाश दे दिया था—आज वह कहानी दोहराने की मुझमें शक्ति नहीं है; पर सम्भव है आज के कल, कल के कुछ दिन, दिनों के मास और मास के वर्ष बन जाने पर मैं दार्शनिक के समान धीर-भाव से उस छोटे जीवन का उपेक्षित अन्त बना सकूँगी। अभी मेरे लिए इतना ही पर्याप्त है कि मैं अन्य मलिन मुखों में उसकी छाया ढूँढ़ती रहूँ।

17 अगस्त, 1936

अभागी स्त्री

भारी ढक्कन से ढँके दीपक के समान आकाश में बिजली बुझ गयी थी। सन्ध्या से ही हवा बादलों की तह-पर-तह जमाने में व्यस्त रही और अब वे इतने सघन हो उठे कि रात के छायारूपों के उपयुक्त ही एक अखण्ड, पर अपनी आर्द्रता से रिसती हुई काली शिला की छत बन गये।

मेरा मन भी बुझा-बुझा सा हो रहा था। मैं अपने पढ़ने-लिखने के बाहर वाले छोटे कमरे में मेज पर सिर रखकर दर्द भुलाने की असफल चेष्टा कर रही थी। छात्रावास में टाइफाइड में पड़ी सुदूर दक्षिण की एक बालिका का मुख मेरी बन्द पलकों में किसी फोटो के इन्लार्जमेंट के समान बढ़ता चला जाता था। उसके साधारण स्थिति वाले माता-पिता इतना रुपया किस प्रकार पाते कि उसे देखने आ सकते। उसके लिए मन जैसे-जैसे चिन्ताकुल होने लगा, वैसे-वैसे अपने ऊपर झल्लाहट बढ़ने लगी।

जब मेरा शरीर इतना निकम्मा था कि इनके सुख-दुख में दो-चार रात जागना भी सहज नहीं, तब किस बूते पर मैंने उन बालिकाओं को उनकी माताओं से इतनी दूर ला रखा है? जब अभी तक मनुष्य बनने की स्वयं मेरी ही साधना पूर्ण नहीं हुई, तब इन बालिकाओं को मनुष्य बनाने का भार लेने का मुझे हौसला कैसे हुआ? ऐसे दम्भ को अक्षम्य अपराधों की कोटि में ही स्थान मिलना चाहिए। सहसा बाहर बरामदे में किसी की पग-ध्वनि ने मेरी विचार-शृंखला भंग कर दी।

दो-चार मिनट किसी के पुकारने की प्रतीक्षा करके पूछना ही पड़ा—'कौन? उत्तर में एक सुडौल गोरे हाथ ने कुछ बढ़ कर परदे को हिला-सा दिया। एक सभीत स्त्री-कण्ठ ने रुक-रुक कर प्रश्न किया—'क्या भीतर आ सकती हूँ?' 'आइये'—कहते समय मेरे स्वर में ऐसी उदासीन शिष्टता थी कि आने वाली के पैर बाहर एक बार ठिठके-से रहे; पर क्षण भर ही, क्योंकि दूसरे क्षण ही वह नीले परदे की पार्श्वभूमि पर एक रंगीन-चित्र-सा बन गयी।

गहरे काही रंग की पतली ऊनी चादर में समा न सकने के कारण वर्षा की नन्हीं-नन्हीं बूँदें ऊपर ही जड़ी-सी थीं, जो बिजली के आलोक में हीरे के चूर-सी

झिलमिलाने लगीं। चादर उतारकर जब वह मेरी दृष्टि का अनुसरण करती हुई सामने की कुर्सी पर बैठ गयी, तब मेरी कुछ विस्मय और कुछ जिज्ञासा भरी दृष्टि उस मुख की रेखा-रेखा में, न जाने किस शब्दहीन उत्तर की खोज में भटकने लगी। आँखों के आस-पास लटकती हुई दो-तीन छोटी-छोटी लटों के छोरों में हिलती हुई पानी की बूँदें पारे सी जान पड़ती थीं। सफेद साड़ी के कुछ धबीले बैजनी किनारे से घिरा मुख सुडौल गोरा; पर बहुत मुरछाया हुआ-सा लगा। नाक के अग्रभाग की लाली हाल ही में पोंछे गये आँसुओं की सूचना दे रही थी—पलकों की कोरें भी शायद रोने से ही कुछ-कुछ सूज आई थीं, जिससे उनकी मर्मस्पर्शी व्यथा और भी गहरी हो उठी थी। ओठ इतने सूख रहे थे कि उन्हें आर्द्र करने का प्रत्येक प्रयास अपनी एकरसता में भी एक नयी थकान का आभास देता जाता था; मैं स्वयं बहुत क्लान्त थी, इसी से उसके कुछ कहने की प्रतीक्षा में रुकी रही। परन्तु जब उसने अपना सिर और अधिक नीचा कर लिया और आँख से ढुलका हुआ एक आँसू उसकी गोद में गिरने से पहले प्रकाश में एक उजली रेखा-सा चमक गया, तब मुझे ध्यान आया कि मेरे सामने बैठी हुई यह स्त्री न जाने कौन-सी व्यथा मुझे सुनाने आयी है। इतनी घिरी घटा और बूँदाबाँदी में इसका घर से निकलना ही प्रमाणित किये देता है कि इसकी आवश्यकता कल तक भी नहीं टाली जा सकती थी।

मैंने कुछ उनींदे भाव से कोई असंख्य बार पूछा हुआ और अति परिचय से पुराना प्रश्न ही पूछ लिया होगा, परन्तु 'मुझे कोई काम दीजिये' में उत्तर पाकर मैं मानो जागकर सतर्क हो बैठी। काम और योग्यता संबंधी प्रश्न आवश्यक होने पर भी उस स्थिति के लिए निष्ठुर जान पड़े। मेरी कठिनाई का समाधान उसने स्वयं ही कर दिया। वह हिन्दी जानती है... 'गाना भी' कहने के पहले उसका सम्पूर्ण शरीर संकुचित हो उठा और कहने के उपरान्त स्फीत होता जान पड़ा, मानो कोई कठिन काम समाप्त कर लिया हो।

कथा और आगे बढ़ी। उनके पति डेढ़ वर्ष से बीमार हैं... दवा-दारू में सब कुछ स्वाहा हो चुका है। गहने के नाम से उसकी उँगली में चार मासे भर सोने का एक छल्ला शेष हैं पति का एकमात्र उपहार होने के कारण इसे बेचने का विचार ही उसे क्लान्त कर देता है और बेचकर भी कै दिन चलेगा... यदि कोई काम न मिल सका तो वह स्वयं भूखी रह कर मरने से भी नहीं डरती पर... और उसका गला भर आया। पलकों की कोर तक आये हुए आँसुओं को भी रोक लेने का उसे अभ्यास था। इसी से जिस वेग से उसका शरीर बेंत के समान काँप उठा था, उससे मात्रा में कुछ अधिक संयम ने आँखों की सजल निस्तब्धता को पिघलने नहीं दिया।

सान्त्वना-सूचक कोई उपयुक्त शब्द मुझे खोलने पर भी नहीं मिल सका और

तब उसके माता-पिता, सास-ससुर आदि के सम्बन्ध में जिज्ञासा प्रकट कर मैं अपने आवेग को छिपाने लगी। स्त्री का सम्पूर्ण शरीर फिर पहले के समान ही संकुचित हो उठा—एक हल्की सी कम्पन लिए हुए शब्दों ने मुझे चौंका-सा दिया। ससुराल वाले रुष्ट हैं—वे उसे घर ले जाने को राजी नहीं और पति को अकेले जाना स्वीकार नहीं। विवाह के उपरान्त माँ से उसका कोई सम्बन्ध नहीं रहा। उससे रुपया लेने से मृत्यु अच्छी है।

इतनी टीका के उपरान्त मैंने मूल तत्त्व का सूत्र पकड़ पाया। वह पतित कही जाने वाली माँ की पुत्री है और बिना समाज के प्रवेश-पत्र के ही साध्वी स्त्रियों के मन्दिर में प्रवेश करना चाहती थी। उसे पता नहीं कि समाज के पास वह जादू की छड़ी है, जिससे छूकर वह जिस स्त्री को सती कह देती है, केवल वही सती होने का सौभाग्य प्राप्त कर सकती है। जिसे समाज ने एक बार कुलवधुओं की पंक्ति से बाहर खड़ा कर दिया, उसे जन्म-जन्मान्तर तक अपनी सभी भावी पीढ़ियों के साथ बाहर खड़ा रहने को ही जीवन का सबसे बड़ा वरदान समझना चाहिए। और फिर समाज ने उन्हें क्या छोटा-मोटा काम दिया है! भगवान् के विराट् रूप के समान ही मनुष्य के विराट् रूप की अर्चना का अधिकार इन्हीं को प्राप्त करता है; परन्तु जब यह अपनी दुर्बुद्धि से अनुशासन भंग कर देती है, तब इनका अपराध अक्षम्य हो उठता है। इन्हें जानना ही चाहिए कि जिसने ऊँचे स्वर्ग की सृष्टि की है, उसी ने नीचे पाताल की रचना भी की है। यदि पाताल के सब जीव-जन्तु स्वर्ग की ओर दौड़ पड़ें, तो सृष्टि एक दिन भी न चले। अपने इच्छानुसार ही जीवन को बदलकर यह समाज में जो एक अव्यवस्था उत्पन्न कर रही है, उसे रोकने के लिए इन्हें दण्ड देना आवश्यक ही नहीं अनिवार्य हो उठता है, नहीं तो समाज की इन पर कुछ ममता नहीं। भला किसे अपनी सृष्टि का मोह नहीं होता! समाज इन्हें न जाने कितने दीर्घकाल से, कितने ही उपायों के द्वारा समझाता आ रहा है कि यह माता, पुत्री, पत्नी आदि त्रिगुणात्मक उपाधियों से रहित जीवनमुक्त नारी-मात्र है और इनकी इसी मुक्ति से समाज का कल्याण बँधा हुआ है। फिर भी यदि यह अपने गुरु कर्त्तव्य से च्युत होकर पत्नीत्व, मातृत्व आदि सम्बन्धों को चुराती फिरें, तो समाज चुराई हुई वस्तु पर इनका स्वत्व स्वीकार करके क्या अपना विधान ही मिथ्या कर दें।

पत्नीत्व की चोरी करने वाली वह अबोध स्त्री अवश्य ही समाज के जटिल नीतिशास्त्र को समझने में असमर्थ रही, तभी तो उसकी जिज्ञासा भरी दृष्टि मेरे मुख पर स्थिर होकर मानो बड़े करुण भाव से बार-बार पूछने लगी—'क्या मैं पवित्र नहीं हूँ?' एक ओर यह स्त्री है जिसकी माता को माता बनने का अधिकार ही नहीं दिया गया था और दूसरी ओर मैं हूँ जिसकी माता, नानी, परनानी, दादी, परदादी और

उसकी भी पूर्वजाएँ अपने पतियों का चरणोदक ले-लेकर और उनमें से कई जीवित ही अग्निपथ पार करके अपने लिए ही नहीं मेरे लिए भी पतिव्रता का प्रमाणपत्र प्राप्त कर चुकी हैं। मैं अनेकों से पूजनीया माँ और आदरणीया बहिन का सम्बोधन पाती रहती हूँ; किन्तु इसे कौन अभागा माँ-बहिन कहकर अपवित्र बनेगा? और वह जानना चाहती है, अपने अपवित्र माने जाने का कारण? यह अपने विद्रोही पति के साथ सती ही क्यों न हो जावे; परन्तु इसके रक्त के अणु-अणु में व्याप्त मलिन संस्कार कैसे धुल सकेगा? स्वेच्छाचार से उत्पन्न यह पवित्रता की साधना उस शूद्र की तपस्या के समान ही बेचारे समाज की वर्ण-व्यवस्था का नाश कर रही है, जिसका मस्तक काटने के लिए स्वयं मर्यादा पुरुषोत्तम दौड़ पड़े थे।

उसे घर भेजने का प्रबन्ध कर मैं जब फाटक से लौटी, तब धरती और मेरे पैर लोहा-चुम्बक बन रहे थे। उस रात कितनी देर तक मैं इसी समस्या में उलझी रही, यह याद नहीं आता; पर कोई समाधान न निकल सका। अपने पति की प्रतिष्ठा के लिए और अपने आत्मसम्मान के लिए भी वह दान नहीं स्वीकार करेगी... और काम देने की बात स्मरण कर मेरे ओंठों में एक व्यंग की हँसी आये बिना न रह सकी। वह क्या जाने कि उसकी उपस्थिति क्या-क्या अनर्थ कर सकती है!

—फिर दो दिन प्रयत्न करने पर भी जब उसका कहीं प्रबन्ध न हो सका, तब मैंने क्या किया, इसकी कथा मनोविज्ञान सम्बन्धी मेरे अज्ञान को प्रकट करती हैं कभी कोई ऐसा लेख नकल करने के लिए दे दिया, जिसके पृष्ठों का कोई उपयोग ही शेष न रहा था। कभी कोई ऐसा पत्र लिखवा दिया, जिससे रद्दी कागजों की टोकरी का ही गौरव बढ़ता था; पर जब उसकी दृष्टि संकोच के भार से और अधिक नत हो गयी, कण्ठ और अधिक कुण्ठित जान पड़ने लगा, तब मैंने समझा कि उसने इस काम के अभिनय के भीतर तक देख लिया है। मुझे उसके काम की आवश्यकता नहीं, यह जब उसका रोम-रोम जानने लगा, तब इस अभिनय को और चलाने का मेरा साहस भी समाप्त हो आया।

—फिर कुछ दिनों तक उसका कोई समाचार ही नहीं मिल सका। कदाचित् पति का रोग अधिक भयंकर हो उठा होगा। इस बीच में केवल एक बार उसने सहायता की याचना की, जिससे मैंने समझ लिया कि मेरी सहानुभूति को सत्य रूप में ही उसने स्वीकार किया है।

दिन के सप्ताह और सप्ताह के महीने बन जाने पर एक दिन उसकी किसी परिचित स्त्री ने मुझे इस करुण-कथा का जो उपसंहार ज्ञात हुआ, वह तो सुना-सुनाया कहा जायेगा; पर उसने मेरे मर्म को जितना स्पर्श किया, उतना कोई और घटना नहीं

कर सकी।

उस अभागी स्त्री की इतनी एकान्त साधना भी उसके पति को न बचा सकी। अंतिम क्षणों में पुत्र का मुख देखने जो पिता आये थे, उन्होंने अनाहार से दुर्बल अनेक रातों से जागी हुई बधू की ओर भूलकर भी दृष्टिपात नहीं किया। कदाचित् उनके मन में भी यही धारणा रही हो कि उसी अनाचारिणी के कारण उनके पुत्र को जीवन से हाथ धोना पड़ा है।

पड़ोसियों से जब किसी ने आकर उसकी बेहोशी दूर की, तब सब उसके मृत पति को ले जा चुके थे। रात भर वह उसी प्रकार बैठी रही; परन्तु सबेरे ससुर को जाने के लिए सामान ठीक करते देख उसकी चेतना लौटी। अंचल से आँखें पोंछकर जब उसने किवाड़ की ओट से प्रश्न किया—'कै बजे चलना है' तो मानो ससुर-देवता पर गाज गिरी। प्रथम आघात सहकर जब उनमें बोलने की शक्ति लौटी, तब उन्होंने भी क्रूरतम प्रहार किया। कहा—'जो लेकर अपने घर से निकली थी, वही लेकर भलमनसाहत से अपनी माँ के पास लौट जाओ, नहीं तो तुम्हारे साथ हमें बुरी तरह पेश आना पड़ेगा। हमारे कुल में दाग लगाकर भी क्या तुम्हें सन्तोष नहीं हुआ?'

स्त्री ने क्रोध नहीं किया, मान-अपमान का विचार नहीं किया। जिस घर पर उसका न्यायोचित अधिकार था, उसी में पग भर भूमि की भीख माँगने के लिए अञ्चल फैलाकर दीनता से कहा—'घर में कई नौकर-चाकर हैं। मेरे लिए दो मुट्ठी आटा भारी न होगा। मैं भी आपकी सेवा करती हुई पड़ी रहूँगी।'

किन्तु ससुर का उत्तर लज्जा को भी लज्जित कर देने वाला था।

मुझ तक यह समाचार विलम्ब से पहुँच सका। खोज करने पर किसी ने बताया वह विधवा-आश्रम चली गयी है; किसी ने कहा—वह माँ के पास लौट गयी।

धीरे-धीरे समय जब उसकी स्मृति को फीका कर चुका था, तब अचानक एक मैले-कुचैले लिफाफे ने फिर सब कुछ सजीव कर दिया। वह अच्छी है, मुझे नहीं भूली है; पर और कष्ट नहीं देना चाहती। सिलाई-बुनाई आदि के द्वारा उसे कुछ मिल ही जाता है; जब नहीं मिलेगा, तब मुझसे माँगने में उसे संकोच न होगा।

और भी पूछा है, ऐसी स्त्रियों को जीविका के साधन सिखाने के लिए जो आश्रम मैं खोलना चाहती थी, उसे कब खोलूँगी।

और मैं अपने मन से प्रश्न कर रही हूँ, 'क्या तुझे आज भी समाज द्वारा मिले भलाई-बुराई के प्रमाण-पत्रों पर विश्वास है?'

6 सितम्बर, 1937

अलोपी

अन्धे अलोपी के घटना-शून्य जीवन में उपयोगिता का एक भी परमाणु है या नहीं, इसकी खोज कोई तत्त्व-वैज्ञानिक ही कर सकेगा। मुझे तो उसकी कथा आँसू भरी दृष्टि की छाया में काँपते हुए दुःख गीत की एक कड़ी-सी लगती रही है।

मैंने उसे कब देखा, यह कहानी भी उसी के समान अपनी विचित्रता में करुण है।

वैशाख नये गायक के समान अपनी अग्निवीणा पर एक-से-एक लम्बा आलाप लेकर संसार को विस्मित कर देना चाहता था। मेरा छोटा घर गर्मी की दृष्टि से कुम्हार का देहाती आवाँ बन रहा था और हवा से खुलते, बंद होते खिड़की-दरवाजों के कोलाहल के कारण आधुनिक कारखाने की भ्रान्ति उत्पन्न करता था। मैं इस मुखर ज्वाला के उपयुक्त ही काम कर रही थी अर्थात् उत्तर-पुस्तकों में अन्धाधुन्ध भरे ज्ञान-अज्ञान की राशि को विवेक में तपा-तपाकर ज्ञान-कणों का मूल्य निश्चित कर रही थी।

हम लोग भी कैसे विचित्र हैं। जब बर्फ, खस की टट्टी, बिजली के पंखे आदि अनेक कृत्रिम उपचारों से भी हम अपनी बुद्धि का पिघलना नहीं रोक सकते, तब दूसरों के ज्ञान की परीक्षा लेने बैठे हैं। यदि मस्तिष्क, ठीक स्थिति में हो, तो कदाचित् हम न्याय के लिए ऐसे अन्यान्यपरायण हो ही न सकें।

तीसरा पहर थके यात्री के समान मानो ठहर-ठहर कर बढ़ा चला आ रहा था और मेरे हाथ तथा दृष्टि में पृष्ठों पर दौड़ने की प्रतियोगिता चल रही थी। ऐसे अवसर पर किसी का भी आना हमारी अधीरता में झल्लाहट का पुट मिला देता है, उस पर यदि आगन्तुक के कंठस्वर में हमें उसके भिखारीपन का आभास मिल गया हो, तब तो कहना ही क्या? नौकर-चाकर सब अपनी-अपनी कोठरियों के अस्वाभाविक अन्धकार को और भी सघन करके स्वेच्छा से उलूक होने का सुख भोग रहे थे। सोचा, न उठूँ। पुकारने वाले को असमय आने का दण्ड सहना चाहिए; परन्तु भिखारी के सम्बन्ध में मेरे संस्कार कुछ ऐसी ही तर्कहीनता तक पहुँच चुके हैं, जहाँ से

अन्धविश्वास की सीमारेखा दूर नहीं रह जाती।

बचपन से बड़े होने तक माँ न जाने कितनी व्याख्या-उपव्याख्याओं के साथ इस व्यवहार-सूत्र को समझाती रही हैं कि हमारी शिष्टता की परीक्षा तब नहीं हो सकती, जब कोई बड़ा अतिथि हमें अपनी कृपा का दान देने घर में आता है, वरन् उस समय होती है, जब कोई भूला-भटका भिखारी द्वार पर खड़ा होकर हमारी दया के कण के लिए हाथ फैला देता है।

माँ के जीवन-काल में ऐसे अनेक अवसर आए होंगे, जब मुझे सीखा हुआ पाठ स्मरण नहीं रहा; पर जब से अप्रसन्न होने की सीमा के पार पहुँच चुकी हूँ, तब से मुझे भूला हुआ भी सारी सूक्ष्म व्याख्याओं के साथ याद आने लगा है।

भिखारी की आवश्यकता से अधिक मुझे अपनी शिष्टता की परीक्षा का ध्यान था। निरुपाय उठना पड़ा। कई बार पुकारने के उपरान्त पुकारने वाली मूर्तियाँ पत्तों में दरिद्र नीम ही से छाया-याचना करने चल पड़ी थीं। ए, ओ आदि अपरिचय-बोधक संज्ञा में अपना आमन्त्रण पहचान कर जब वे लौटीं, तब उनके प्रति पग पर मेरा कौतूहल पैर बढ़ाने लगा। चर्म के आवरण में से अपना विद्रोह प्रकट करने वाले अस्थि-पंजर के लिए फटे लम्बे कुर्ते को दोहरा कारागार बनाए 11-12 वर्ष का बालक लाठी को एक ओर से थामे आगे-आगे आ रहा था और ऊँची धोती और मैली बंडी में अपने कंकाल को यथासम्भव मुक्ति दिये एक अन्धा लाठी के दूसरे छोर के सहारे टटोल-टटोल कर बढ़ते हुए पैरों से उसका अनुसरण कर रहा था।

खेत में लकड़ी पर औंधाई हुई मटकी जैसे सिर को हिलाते हुए प्रौढ़ बालक ने वृद्ध युवक को आगे कर न जाने क्या बताया पर जब उसने ऊपर मुख उठाकर नमस्कार किया, तब ऐसा जान पड़ा मानो नमस्कार का लक्ष्य खजूर का पेड़ है।

जीवन में पहली बार मेरा मन प्रश्न के उपयुक्त शब्दों की खोज में भटक कर उस नेत्रहीन के सामने मूक-सा रह गया।

धूल के रंग के कपड़े और धूर भरे पैर तो थे ही, उस पर उसके छोटे-छोटे बालों, चपटे-से माथे, शिथिल पलकों की विरल बरुनियों, बिखरी-सी भौंहों, सूखे, पतले ओठों और कुछ ऊपर उठी हुई ठुड्डी पर राह की गर्द की एक पर्त इस तरह जम गयी थी कि वह आधे सूखे क्ले मॉडल के अतिरिक्त और कुछ लगता ही न था। दृष्टि के आलोक से शून्य छोटी-छोटी आँखें कच्चे काँच की मैली गोलियों के समान चमकहीन थीं; जिनसे उस शरीर की निर्जीव मूर्तिमत्ता की भ्रान्ति और भी गहरी हो जाती थी।

कदाचित् इसी कारण उसके कण्ठ-स्वर ने मुझे अज्ञात-भाव से चौंका दिया।

इस वर्ग का जीवन खुली पुस्तक-जैसा रहता है, अतः महान् ही नहीं, तुच्छतम आवश्यकता के अवसर पर भी उसकी कथा आदि से अन्त तक सुना देना सहज हो जाता है। इसके विपरीत हमारा जटिल-से-जटिलतम होता हुआ अन्तर्जगत् और कृत्रिम बनता हुआ जीवन ऐसी स्थिति उत्पन्न किये बिना नहीं रहता, जिसमें बाहर के बगुलेपन को भीतर की सड़ी-गली मछलियों से सफेदी मिलने लगती है। इसी से हमारी तारतम्यहीन कथा अधिकाधिक अकथनीय बनती जाती है और सुख-दुःख की सरल मार्मिकता निर्जीव होने लगती है। हम सहज-भाव से अपनी उलझी कहानी कह नहीं सकते। अतः जब कहने बैठते हैं, तब कल्पना का एक-एक तार सत्य की अनेक झंकारों की भ्रान्ति उत्पन्न करके उसे और अधिक उलझाने लगता है।

अन्धे अलोपी की कथा में न मनोवैज्ञानिक गुत्थियाँ हाथ लगीं और न समस्याओं की भूलभूलैया प्राप्त हुई। हाँ, उसकी दैन्य भरी वाचालता से पता चला कि चक्षु के अभाव की पूर्ति उसकी रसना ने कर ली है और इस प्रकार पञ्च ज्ञानेन्द्रियों में चाहे ज्ञान का उचित विभाजन न हो सका; पर उसके परिमाण का सन्तुलन नहीं बिगड़ा।

उसका पिता काछी कुलावतंस रहा, पर बहुत दिनों तक अपने भावी वंशधर की प्रतीक्षा करने के उपरान्त उसे याचक के रूप में अलोपीदेवी के द्वार पर उपस्थित होना पड़ा। अलोपीदेवी कदाचित् उस उदार सूम के समान थीं जो अपने दानी होने की ख्याति के लिए दान करता है, याचक की आवश्यकता की पूर्ति के लिए नहीं। उनके मन्दिर से एक अखंडित मनुष्य-मूर्ति भी न निकल सकी। एक पुत्र दिया, वह भी नेत्रहीन। माँ-बाप ने उनके दान को उन्हीं के चरणों पर फेंक आने की कृतघ्नता तो नहीं दिखाई; पर उनकी कृपणता की घोषणा कर अन्य याचकों को सावधान करने के लिए उसका नाम रख दिया अलोपीदीन।

वही अलोपीदीन अब तेईस वर्ष का हो चुका है और काछी पिता अन्धे पुत्र से पितृ-ऋण का ब्याज-मात्र चुका कर मूल को अपनी सेवा से चुकाने के लिए पितरों के दरबार में चला गया है। माँ तरकारियाँ लेकर फेरी लगाती है; पर पुत्र को अच्छा नहीं लगता कि जवान आदमी बैठा रहे और बुढ़िया मर-मर कर कमावे। इसी से शाक-तरकारियों के तत्त्ववेत्ता ताऊ से यहाँ की चर्चा सुन, वह काम की खोज में निकल पड़ा है।

ऐसे आश्चर्य से मेरा कभी साक्षात् नहीं हुआ था। जीवन से अनजान किशोरों की संख्या कम नहीं, जो सुख के साधनों के लिए उस माँ से झगड़ते हैं, जिसकी

उँगलियों के पोर सिलाई करते-करते चलनी हो चुके हैं। कुलबधुओं के समान आँसू पीने वाले युवकों का अभाव नहीं; जिनका पौरुष न दरिद्र पिता का सब कुछ छीन लेने में कुण्ठित होता है और न भिक्षावृत्ति से मूर्च्छित। अपनी पराजय को विजय मानने वाले ऐसे पुरुषों से भी समाज शून्य नहीं, जो छोटे बच्चों को छोड़कर दिन-दिन भर परिश्रम करने वाली पत्नियों के उपार्जित पैसों से सिनेमा-घरों की शोभा बढ़ा आते हैं।

साधारणतः आज के पुरुष का पुरुषार्थ विलाप है। जितने प्रकार से, जितनी भाव-भंगियों के साथ, जितने स्वरों में वह अपने निराश जीवन का मर्सिया गा सके, अपनी असमर्थता का स्यापा कर सके उतना ही वह स्तुत्य है और उतना ही अधिक पुरुष नाम के उपयुक्त है।

अन्धी आँखों को आकाश की ओर उठाकर अपने पुरुषार्थ की दोहाई देने वाले आलोपी को ऐसी परम्परा के न्यायालय में प्राण दण्ड के अतिरिक्त और कुछ नहीं मिल सकता था।

कुछ प्रकृतिस्थ होकर मैंने प्रश्न किया—'तुम यहाँ कौन-सा काम कर सकते हो? अलोपी पहले से ही सब सोच-समझकर आया था—वह देहात के खेतों से सस्ती और अच्छी तरकारियाँ लायेगा—मेरे लिए और छात्रावास की विद्यार्थिनियों के लिए।

अपने जीवनव्यापी अँधेरेपन में वह ऐसा व्यवसाय में उलझा हुआ कर्त्तव्य किस प्रकार सँभाल सकेगा, यह पूछने का अवकाश न देकर अलोपी ने अपने फुफेरे भाई रग्घू की ओर संकेत कर बताया कि उन दोनों के सम्मिलित पुरुषार्थ के कठिनतम कार्य भी सम्भव होते रहे हैं।

प्रस्ताव अभूतपूर्व था; पर मैं भी कुछ कम विचित्र नहीं, इसी से रग्घू और अलोपी अपने दुर्बल कन्धों पर कर्त्तव्य का गुरु-भार लादकर लौटे।

दूसरे दिन सबेरे ही एक हाथ से रग्घू की लाठी का छोर थामे और दूसरे से सिर पर रखी बड़ी-सी छाबड़ी सँभाले हुए अलोपी, 'मालिक हो! मालिक हो!' पुकारने लगा।

मुझे क्या-क्या पसंद है यह जानने के लिए जब वह अनुनय-विनय करने लगा, तब मैं बड़ी कठिनाई में पड़ी। कुछ तरकारियाँ डाक्टरों ने मेरे पथ्य की सूची में नहीं रखी हैं और शेष के लिए सदा से यही नियम रहा है कि जो भक्तिन के विवेक को रुचे, वह मुझे स्वीकृत हो। फिर जिसे वर्ष में, कुछ महीने दही पर, कुछ फल पर और कुछ खिचड़ी, दलिया आदि पथ्य पर बिताने पड़ते हों, वह रुचि के सम्बन्ध में वीतराग हो ही जाता है। पर अलोपी को निराश न करने के लिए मैंने वह सब ले

लिया, जिसे वह मेरे लिए ही लाया था। पैसे देते समय अलोपी ने कहा—वह महीने पर लेगा। जब मैंने अपने भूल जाने की सम्भावना और हिसाब लिखने की विरक्ति की व्याख्या आरम्भ की, तब उसने बहुत विश्वास के साथ समझाया कि वह दस तक पहाड़े और पहली किताब के विद्वान् ताऊ की सहायता से मेरा हिसाब ठीक रखेगा। छात्रावास का वहाँ की मेट्रन रखेंगी ही। वहाँ इस युगल मूर्ति को लेकर जो विनोदात्मक कोलाहल मचा, उसके सम्बन्ध में 'गिरा अनयन नयन बिनु बानी' कहना ही ठीक होगा; पर दो-चार दिन में ही अलोपी सबकी ममता का पात्र बन गया। उसे जो स्वच्छन्दता प्राप्त थी, वह दूसरे नौकरों को मिल ही नहीं सकती थी। मेस के लिए आँगन के एक कोने में वह पैर फैलाकर बैठता और तौलकर लाई हुई तरकारी फिर वहाँ के बड़े तराजू पर तौलने लगता। उसका स्पर्श-ज्ञान इतना बढ़ गया था कि लौकी, कद्दू, कटहल आदि को हाथ में लेते ही वह उनका तौल बता देता था। तुलाते-तुलाते वह शाक तरकारियों के प्रकार और खेतों के सम्बन्ध में, महराजिन, बारी आदि को न जाने कितना ज्ञातव्य बताता चलता था। प्रायः छोटी बालिकाएँ उसे घेर कर चिड़ियों की तरह चहकती ही रहती थीं। उनके लिए वह अमरूद, बेर आदि भी लाने लगा, जिनके दाम के सम्बन्ध में कुछ निश्चित रूप से कहा नहीं जा सकता। एक दिन जब कालेज के फल वाले ने शिकायत की कि अन्धा फल लाकर बच्चों को बाँटता है, जिससे उसके व्यापार को हानि पहुँचती है, तब मैंने अलोपी से पूछा। उसने दाँत से जीभ की नोक दबाकर सिर हिलाते हुए जो उत्तर दिया, उसका भावार्थ था कि दाम उसे मिल जाता है। फिर वह स्कूल के समय तो आता नहीं, अतः फल वाले की उससे क्या हानि हो सकती है!

बालिकाएँ न अलोपी को झूठा ठहरा सकती थीं, न मेरे सामने झूठ बोल सकती थीं; अतः वे मौन रहीं। मेरे अनुचित-उचित सम्बन्धी व्याख्यान के उत्तर में अलोपी ने मैली पिछौरी के छोर से धुँधली आँखें पोंछते-पोंछते बताया कि उसकी एक आठ-नौ वर्ष की चचेरी बहिन मर चुकी है। इन बालिकाओं के स्वर में उसे बहिन की भ्रान्ति होने लगती है, इसी से अपनी दरिद्रता के अनुरूप दो-चार अमरूद, बेर, जामुन आदि ले आता है। उसके देहात में तो ऐसी चीजों का कोई दाम नहीं लेता, फिर वह कैसे जानता कि शहर में ऐसे देना बुरा माना जाता है। दाम देकर खरीदता, तो लेना किसी तरह उचित भी हो सकता था। पर वे फल उसे तरकारियों के साथ घलुए में मिल जाते हैं। इनसे पैसे बनाने की बात सोचकर उसका मन जाने कैसा-कैसा होने लगता है। उन्मुख अलोपी के मुख का भाव देखकर मैं अपने डपोरशंखी न्याय का महत्त्व समझ गयी और तब मेरा मन अपने ऊपर ही खीझ उठा। कहना व्यर्थ है कि

अलोपी को अपने सिद्धान्त में कोई परिवर्तन नहीं करना पड़ा।

अलोपी के नेत्र नहीं थे, इसी से सम्भवतः वह न प्रकृति के रौद्र रूप से भयभीत होता था और न उसके सौन्दर्य से बहकता था। मूसलाधार वृष्टि जब बर्फ के तूफान की भ्रान्ति उत्पन्न करती, बिजली जब लपटों के फव्वारे-जैसी लगती और बादलों के गर्जन में जब पर्वतों के बोलने का आभास मिलता, तब रग्घू तो चलते-चलते बाहर से आँखें छिपा लेता, पर भीगे चिथड़े के गुड्डे के समान अलोपी नाक की नोक से चूते हुए पानी की चिन्ता न कर, भीगी उँगलियों से फिसलती लाठी थामे और हरे खेत के खण्ड जैसी छाबड़ी सँभाले इस तरह पाँव रखता, मानो उन्हें आज ही पृथ्वी का पूरा परिचय प्राप्त करना है। एक बार भी कीचड़ में पैर पड़ जाने पर रग्घू की खैर न थी, क्योंकि अलोपी आँख वाले के पथ-प्रदर्शन में ऐसी भूल अक्षम्य समझता था। जब शीत बर्फीले तारों का व्यूह-सा रच देती और पक्षाघात की साँस-जैसी हवा बहती, तब रग्घू पतले कुरते में मृगी के रोगी के समान हिलता और दाँत बजाता चलता; पर अलोपी सारी शक्ति से ठिठुरे ओठों के कपाट बन्द किए और सर्दी से नीले नाखून और ऐंठी उँगलियों वाले पैरों को तोल-तोलकर रखता हुआ आता। ग्रीष्म में जब धूल ऐसी जान पड़ती, मानो कोई पृथ्वी को पीस-पीस कर उड़ाये दे रहा है और लू जलते हुए व्यक्ति की तरह चीत्कार करती हुई, इस कोने से उस कोने में दौड़ती फिरती, तब हाथ में आँखों पर ओट किये हुए रग्घू के जल्दी-जल्दी उठते हुए पैर मुझे भाड़ में नाचते हुए दानों का स्मरण दिलाते थे। पर अलोपी पलकें मूँदकर आँखों के अन्धकार को भीतर ही बन्दी बनाता हुआ अपने हर पग को इतनी धीरता से जलती धरती पर रखता था, मानो उसके हृदय की ताप नापता हो। बसन्त हो या होली, दशहरा हो या दीवाली, अलोपी के नियम में कोई व्यतिक्रम कभी नहीं देखा गया।

एक बार जब अपनी लम्बी अकर्मण्यता पर लज्जित हमारे हिन्दू-मुस्लिम भाई वीरता की प्रतियोगिता में सक्रिय भाग ले रहे थे, तब अलोपी पहले से दुगनी बड़ी डलिया में न जाने क्या-क्या भरे और एक बड़ी गठरी रग्घू की पीठ पर भी लादे, सुनसान रास्ते से आ पहुँचा। उसके दुस्साहस ने मुझे विस्मित न करके क्रोधित कर दिया। 'तुम हृदय के भी अन्धे हो, ऐसी अँधेरी गलियों में प्राण देकर कुछ स्वर्ग नहीं पहुँच जाओगे' आदि-आदि स्वागत-वचनों के उत्तर में अलोपी बैंगन-लौकी टटोलने लगा। मेरे आँगन में तरकारियों का टीला निर्माण कर, वह वैसे ही मूक-भाव से छात्रावास की ओर चल दिया। वहाँ से लौटकर जब वह सूखी आँखें पोंछता और ठिठकता-सा सामने आ खड़ा हुआ, तब मेरा क्रोध बरस कर मिट चुका था और मन में ममता की सजलता व्याप्त थी!

मेरे कण्ठ में आश्वासन का स्वर पहचानकर उसने रुक-रुक कर बताया कि वह दो दिन के लिए तरकारियाँ ले आया है। मेट्रन से उसे ज्ञात हो गया था कि उनके भंडार-घर के अचार समाप्त हो चुके हैं और बड़ियों में फफूँदी लग गई है। केवल दाल से तो अलोपी जैसे व्यक्ति ही रोटी खा सकते हैं, अतः वह देहात से यह सब खरीद कर बेचता-बेचता यहाँ आ पहुँचा। उस बिना आँखों वाले आदमी को कौन सतायेगा; पर जब मेरी आज्ञा नहीं है, तब वह घर से बाहर पैर नहीं रख सकता। अब दो दिन के लिए चिन्ता नहीं है, फिर तब तक यह झगड़ा समाप्त हो ही जायेगा। अलोपी को ऐसे समय भी रोक रखना सम्भव नहीं हो सका, क्योंकि बूढ़ी माँ की रक्षा का भार उस पर था।

मैं बरामदे में हूँ या नहीं, यह अलोपी देख न सकता था; पर ऐसा कभी नहीं हुआ कि उसने आते-जाते उस दिशा में नमस्कार न कर लिया हो।

अनेक बार मैंने खाली डलिया के साथ नीम के नीचे बैठे अलोपी को भक्तिन से बहुत मनोयोगपूर्वक बातें करते देखा था। वार्तालाप का विषय भी कम महत्त्वपूर्ण नहीं रहता था। मुझे करेला अच्छा लगता है या कटहल, कचनार की कली पसन्द है या सहजन की फली, मेथी का साग रुचिकर होता है या पालक का, मीठा नींबू लाभदायक है या सन्तरा, आदि प्रश्नों पर गम्भीरता से वाद-विवाद चलता।

एक बार की घटना अपनी क्षुद्रता में भी मेरे लिए बहुत गुरु है। मैं ज्वर से पीड़ित थी। कई दिनों तक बरामदे को नमस्कार कर अलोपी ने रग्घू से कहा—'जान पड़ता है इस बार गुरुजी बहुत गुस्सा हो गयी हैं। पहले की तरह कुछ पूछती ही नहीं;' पर जब उसे ज्ञात हुआ कि मैं बीमारी के कारण बाहर आ ही नहीं सकती, तब वह बहुत चिन्तित हो उठा।

दूसरे दिन सन्देश मिला कि अलोपी मुझे देखने की आज्ञा चाहता है। उतने कष्ट के समय भी मुझे हँसी आये बिना न रह सकी। अन्धा अलोपी असंख्य बार आज्ञा पाकर भी मुझे देखने में समर्थ कैसे हो सकता था। पर अलोपी भीतर आया और नमस्कार कर टटोलता-टटोलता देहली के पास बैठ गया। फिर अपनी धुँधली, शून्य आँखों की आर्द्रता बाँह से पोंछकर पिछौरी के एक छोर में लगी गाँठ खोलते हुए उसने अपराधी की मुद्रा में बताया कि वह स्वयं जाकर अलोपी देवी की विभूति लाया है। एक चुटकी जीभ पर रख ली जाय और एक माथे पर लगा ली जाय, तो सब रोग-दोष दूर हो जायेगा। कहने की इच्छा हुई—जब देवी तुम्हारा ही पूरा न कर सकीं, तब मेरा क्या करेंगी; पर उनके वरदान की गम्भीरता ने मुख से कुछ न निकलने

दिया। अलोपीदेवी की दिव्यता प्रमाणित करने के लिए अलोपीदीन का कर्त्तव्य में वज्र और ममता में मोम के समान हृदय ही पर्याप्त होना चाहिए। उसके निकट जिसका परिचय स्वर-समूह के अतिरिक्त और कुछ नहीं हो सकता, उस व्यक्ति के प्रति इतनी सहानुभूति भूलने की वस्तु नहीं।

अलोपी को हमारे यहाँ आये तीसरा वर्ष चल रहा था। उसका कुछ भरा हुआ-सा कंकाल कुरते से सज गया, सिर पर जब-तब साफा सुशोभित होने लगा और ऊँची धोती कुछ नीचे सरक आयी साधारणतः महीने में 70 रु० से कुछ अधिक की ही शाक-तरकारियाँ आती थीं। दाम चुकाकर रग्घू को कुछ देकर भी अलोपी के पास इतना बच रहता था, जिससे वह अपनी माँ के साथ सुख से रह सके। और एक दिन तो रग्घू ने हँसते-हँसते बताया कि दादा का रुपया उसकी माई गाड़कर रखने लगी है।

अलोपी के अँधेरे जीवन का उपसंहार भी कम अन्धकारमय न हो, इसका समुचित प्रबन्ध विधाता कर चुका था। एक दिन मेरे निकट बैठकर अपने-आपसे संसार-चर्चा करती हुई भक्तिन ने सुनाया—अलोपी अपना घर बसा रहा है। मैं इतनी विस्मित हुई कि भक्तिन की कथाओं के प्रति सदा की उपेक्षा भूलकर 'क्या' कह उठी और तब भक्तिन ने उसी प्रसन्न-मुद्रा में मेरी ओर देखा, जिसमें भीष्म ने रथ का पहिया ले दौड़ने वाले कृष्ण को देखा होगा। पता चला, उसके कथन का प्रत्येक अक्षर बिना मिलावट का सत्य है।

एक काछिन, जो दो पतियों को मुक्ति दे आई है, अन्धे के लिए स्वर्ग की रचना करना चाहती है; पर अलोपी की माँ अपने वरदान में मिले पुत्र को अब फिर दान में देना स्वीकार नहीं करती।

गर्मियों की छुट्टियों के बाद लौटकर सुना कि अलोपी की माँ अलग रहने लगी और नयी पत्नी ने आकर घर सँभाल लिया। फिर एक बार उसे देखने का अवसर भी मिला। मझोले कद की सुगठित शरीर वाली प्रौढ़ा थी। देखने में साधारण-सी लगी; पर उसके कण्ठ में ऐसा लोच और स्वर में ऐसा आत्मीयता भरा निमन्त्रण था, जो किसी को भी आकर्षित किये बिना नहीं रहता, और कुछ विशेष चमकदार आँखों में चालाकी के साथ-साथ ऐसी कठोरता झलक जाती थी, जो उस पर विश्वास करना असम्भव नहीं, तो कठिन अवश्य कर देती थी। अलोपी उसे कण्ठ-स्वर से ही जानता था, इसी से कदाचित् वह विश्वास कर सका।

रग्घू घर का भेदिया था; इसी से सब जान गये कि उसकी नई भौजी को रुपये

की चर्चा के अतिरिक्त और कोई चर्चा नहीं सुहाती। कभी वह जानना चाहती है कि अलोपी ने गाढ़े दिन के लिए कुछ बचा रखा है या नहीं, कभी पूछती है कि उसके पछेली और झुमके किस कोने में गाड़कर रख दिए जायँ।

अलोपी इस ढहते हुए स्वर्ग में छः महीने रह सका। फिर सुना कि उसकी चतुर पत्नी सब कुछ लेकर उसे माया-पाश से सदा के लिए मुक्ति दे गई है।

वह बेचारा तो कई दिन तक विश्वास ही न कर सका। खुदे गड्ढे को टटोल-टटोलकर देखता और फिर द्वार पर बैठकर उसकी प्रतीक्षा करने लगता है।

जब परोपकारी पड़ोसियों ने उसके विश्वास की शिला को युक्तियों की एक-से-एक मर्म भेदी सुरंगों से उड़ा दिया, तब वह बीमार पड़ गया। पर, निरन्तर कर्मयोग से दीक्षित पुलिस को यह शुभ समाचार देने की चर्चा चलते ही वह प्रशान्त निराशा-भरी दृढ़ता से कहने लगता—'अपनी स्त्री की हुलिया लिखवाकर पकड़ मँगाना नीच का काम है।'

अलोपी कुछ अच्छा होने पर आने लगा; पर उसमें पहले जैसा जीवन नहीं रह गया था। पैर घसीट-घसीट कर चलता, हाथ से लाठी छूट-छूट पड़ती। एक बार मेरे बरामदे की दिशा में नमस्कार करते समय छाबड़ी नीचे आ रही। अलोपी के सब साहस, सम्पूर्ण उत्साह और समस्त आत्मविश्वास को संसार का एक विश्वास घात निगल गया है, यह सत्य होने पर भी कल्पना-जैसा जान पड़ता है।

अन्धे का दुःख गूँगा होकर आया था, अतः सान्त्वना देने वाले उसके हृदय तक पहुँचने का मार्ग ही न पा सकते थे। मेरे बोलते ही वह लज्जा से इस तरह सिकुड़ जाता, मानो उसके चारों ओर ओले बरस रहे हों, इसी से विशेष कुछ कह-सुनकर उसका संकोचजनित कष्ट बढ़ाना मैंने उचित न समझा। पर, अपने अपराध से अनजान और अकारण दण्ड की कठोरता से अवाक् बालक-जैसे अलोपी के चारों ओर जो अँधेरी छाया घिर रही थी, उसने मुझे चिन्तित कर दिया था।

उसकी माँ बड़ी मानता से प्राप्त अन्धे पुत्र का सब अपराध भूल गयी थी, पर हठी पुत्र ने अपने-आपको क्षमा नहीं किया, अतः उन दोनों का वह करुण-मधुर अतीत फिर न लौट सका।

मैं दशहरे का अवकाश घर ही पर बिता रही थी। अलोपी एक दिन तरकारियाँ देकर सन्ध्या समय तक मेस ही में बैठा रहा। कभी बड़ी ममता से तराजू को छूकर देखता, कभी बड़े स्नेह से पूसी की धनुषाकार पीठ को सहलाता और कभी विनोद से छोटी बालिकाओं को चिढ़ाने लगता। फिर जाते समय मेरी कुत्ती फ्लोरा को अपनी

पिछौरी में बँधे मुरमुरे देकर, हिरनी सोना को मूली की पत्तियाँ खिलाकर और मेरे बरामदे को नमस्कार कर जो गया, तो कभी नहीं लौटा।

तीसरे दिन रोने से सूजी आँखों वाले रग्घू ने समाचार दिया कि उसका अन्धा दादा बिना उसे साथ लिए ही न जाने किस अज्ञात लोक की महायात्रा पर चल पड़ा।

ऐसे ही अचानक तो वह यहाँ भी आ पहुँचा था, इसी से विश्वास होता है कि वह बिना भटके ही अपने गन्तव्य तक पहुँच जायेगा।

बालक रग्घू के लिए दूसरे काम का प्रबन्ध कर मैंने अलोपी के शेष स्मारक पर विस्मृति की यवनिका डाल दी है; पर आज भी देहली की ओर देखते ही मेरी दृष्टि मानो एक छायामूर्ति में पुंजीभूत होने लगती है। फिर धीरे-धीरे उस छाया का मुख स्पष्ट हो चलता है। उसमें मुझे कच्चे काँच की गोलियाँ जैसी निष्प्रभ आँखें भी दिखाई पड़ती हैं और पिचके गालों पर सूखे आँसुओं की रेखा का आभास भी मिलने लगता है। तब मैं आँखें मल-मल कर सोचती हूँ—नियति के व्यंग से जीवन और संसार के छल से मृत्यु पाने वाला अलोपी क्या मेरी ममता के लिए प्रेत होकर मँडराता रहेगा?

20 फरवरी, 1938

बदलू

बदलू अपने बेडौल घड़ों का निर्विकार निर्माता भी था और अष्टावक्र-जैसी रूपरेखा वाले बच्चों का निश्चिन्त विधाता भी। न कभी निर्जीव मिट्टी की सजीव विषमता ही उसका ध्यान आकर्षित कर सकी और न सजीव रक्त-मांस की निर्जीव कुरूपता ही उसकी समाधि-भंग करने का सामर्थ्य पा सकी।

मैंने उसे सदा एक ओर कच्चे, पक्के, टूटे, पूरे बर्तनों के ढेर से और दूसरी ओर मैले-कुचैले, नंगे, दुबले बच्चों की भीड़ से घिरा हुआ ही देखा। जैसे मिट्टी के बर्तन कुछ सुखाने, कुछ पकाने और कुछ उठाने-रखने में टूटते रहते थे, उसी प्रकार बच्चे भी कुछ जन्म लेते ही, कुछ घुटनों के बल चलते हुए और कुछ टेढ़े-मेढ़े पैरों पर डगमगाकर माता-पिता के काम में सहायता देते हुए चल बसते थे। पर कभी उनके जन्म या मृत्यु के सम्बन्ध में बदलू को सुखी या दुखी देखना सम्भव न हो सका। बदलू का चित्र खींच देना, किसी भी चित्रकार के लिए सहज नहीं; क्योंकि वह ऐसी परम्परा विरोधी रेखाओं में बँधा था कि एक को स्पष्ट करने में दूसरी लुप्त होने लगती थी।

उसकी मुखाकृति साँवली और सौम्य थी; पर पिचके गालों से विद्रोह करके नाक के दोनों ओर उभरी हुई हड्डियाँ उसे कंकाल-सहोदर बनाए बिना नहीं रहतीं। लम्बा इकहरा शरीर भी कभी सुडौल रहा होगा; पर निश्चित आकाश-वृत्ति के कारण असमय वृद्धावस्था के भार से झुक आया था। उजली छोटी आँखें स्त्री की आँखों के समान सलज्ज थीं; पर एकरस उत्साह-हीनता से भरी होने के कारण चिकनी काली मिट्टी से गढ़ी मूर्ति में कौड़ियों से बनी आँखों का स्मरण दिलाती रहती थी। काँपते ओठों में से निकलती हुई गले की खरखराहट सुनने वाले को वैसे ही चौंका देती थी, जैसे बाँसुरी में से निकलता हुआ शंख का स्वर।

बदलू एक तो स्वभाव से ही मितभाषी था, दूसरे मेरे जैसे नागरिक की श्रवण-शक्ति की सीमा से अनभिज्ञ; अतः उससे कुछ कहने-सुनने के अवसर कम ही आ सके।

जब कभी आते-जाते मैं, उसके घूमते हुए चाक पर स्थिर-सी उँगलियों का निर्माण-क्रम देखने के लिए रुक जाती, तब वह एकबारगी अस्थिर हो उठता। अपनी घबराहट छिपाने के लिए वह बार-बार खाँसकर गला साफ करता हुआ खरखराते स्वर में खेदन, दुखिया, नत्थू आदि को मचिया निकाल लाने के लिए पुकारने लगता। जब एक चलनी-जैसी झरझरी और साढ़े तीन पायों पर प्रतिष्ठित मचिया का अँधेरी कोठरी से उद्धार करने के लिए वे बच्चे प्रतियोगिता आरम्भ कर देते, तब मैं वहाँ से विदा हो जाने ही में भलाई समझती थी। मेरे बैठने से मचिया की कुशल तो संदिग्ध हो ही जाती थी, साथ ही मटके-मटकियों का भविष्य भी खतरे में पड़ सकता था।

बदलू का घर मेरे आने-जाने के रास्ते में पड़ता था; अतः या तो मुझे लौटने की जल्दी रहती थी या पहुँचने की। ऐसा अवकाश निकालना कठिन था, जिसे वहाँ बिता देने से दूसरों के काम में व्याघात न पड़ता हो।

हाँ, जिस दिन रधिया अपने द्वार पर मिट्टी छानती या घर का कोई और काम करते मिल जाती, उस दिन कुछ देर रुकना आवश्यक ही नहीं, अनिवार्य हो उठता। उसे कभी बरसाती आँखों और कभी हँसते ओठों से, अपने एकरस जीवन की गाथा सुनाना अच्छा लगता था। उसकी आँखें, उसके ओठ, उसके हाथ-पैर सब मानो अपनी-अपनी कथा सुनाने को आतुर थे, इसी से शब्दों में उसे थोड़ा ही कहना पड़ता था; पर वह थोड़ा इतना मार्मिक रहता कि सुनने वाला शीघ्र ही अपने-आपको प्रकृतिस्थ नहीं कर पाता। किसी करुण रागिनी के समान उसकी कथा जितना उसके हृदय का मन्थन करती उतना ही दूसरे के हृदय का, अतः अनेक बार उस कुम्हार-वधू से अपने आवेग को छिपा लेना मेरे लिए भी कठिन हो जाता था।

रधिया को मूर्तिमती दीनता कहना चाहिए। किसी पुरानी धोती को मैली कोर फाड़कर कसे हुए रूखे उलझे बाल पर्व-त्योहार पर काली मिट्टी से धो भले ही लिए जायँ, पर उन्हें कड़ुए तेल की चिकनाहट से भी अपरिचित रहना पड़ता था। धोती और उसके किनारे को धूल एकाकार कर देती थी, उस पर उसकी जर्जरता इतनी बढ़ी-चढ़ी थी कि घूँघट खींचने पर किनारी ही उँगलियों के साथ नाक तक खिंची चली आती थी।

दुःख एक प्रकार शृंगार भी बन जाता है, इसी कारण दुःखी व्यक्तियों के मुख, देखने वाले की दृष्टि को बाँधे बिना नहीं रहते।

रधिया के मुख का आकर्षण भी उसकी व्यथा ही जान पड़ती थी—वैसे एक-एक करके देखने से, मुख कुछ विशेष चौड़ा था। नाक आँखों के बीच में एक तीखी

रेखा खींचती हुई ओठ के ऊपर गोल हो गयी थी। गहरे काले घेरे से घिरी हुई आँखें ऐसी लगती थीं, जैसे किसी ने उँगली से दबाकर उन्हें काजल में गाड़ दिया हो। ओठों पर पड़ी हुई सिकुड़न ऐसी जान पड़ती थी, मानो किसी तिक्त दवा की प्याली से निरन्तर स्पर्श का चिह्न हो। इन सब विषमताओं की समष्टि में जो एक सामञ्जस्यपूर्ण आकर्षण मिलता था, वह अवश्य ही रधिया के दुःख-विगलित हृदय से उत्पन्न हुआ होगा। वह जीवन-रस से जितनी निचुड़ी हुई थी, दुःख में उतनी ही भीगकर भारी हो उठी, इसी कारण उसमें न वह शून्यता थी, जो दृष्टि को रोक नहीं पाती और न वह हल्कापन, जो हृदय को स्पर्श करने की शक्ति नहीं रखता।

घिसकर गोल-से चपटे हो जाने वाले काँसे के कड़े और मैल से रूप-रेखा-हीन लाख की चूड़ियों के अतिरिक्त और किसी आभूषण से रधिया का परिचय नहीं; पर वह इस परिचयहीनता पर खिन्न होती नहीं देखी गयी। गठे हुए शरीर और भरे अंगों वाली वह स्त्री, सन्तान की अटूट शृंखला और दरिद्रता की अघट छाया के कारण ऐसा ढाँचा-मात्र रह गई थी, जिसे चलता-फिरता देखना भी विस्मय का कारण हो सकता था।

इस वर्ग की स्त्रियों में जो एक प्रकार की कर्कश प्रगल्भता मिलती है, उसका रधिया में सर्वथा अभाव रहा। सम्भवतः इसी कारण मेरी उदासीनता का कुतूहल में और कुतूहल का सम्मान में रूपान्तरित होना अनिवार्य हो गया। बदलू के प्रति उसका स्नेह गम्भीर और इसी से कोलाहलहीन था। न वह कभी घर की, बच्चों की और स्वयं उसकी चिन्ता करता देखा गया और न रधिया के मुख से उसके गोबरगणेश पति की निन्दा सुनने का किसी को सौभाग्य प्राप्त हो सका। रधिया को विश्वास था कि उसका पति कुम्भकार-शिरोमणि और अच्छा कलावन्त है; केवल लोग उसकी महानता से परिचित नहीं।

सबेरे उठकर कभी मक्का, कभी जुन्हरी, कभी बाजरा और कभी जौ-चना पीसकर रधिया जिस कठोर कर्त्तव्य का आरम्भ करती, उसका उपसंहार तब होता था, जब टिमटिमाते दिये के धुँधले प्रकाश में या फुलझड़ी के समान पल भर जलकर बुझ जाने वाली सिरकियों के उजाले के सहारे, कुछ उनींदे और कुछ रोते बच्चों में सबेरे की रोटी बँट चुकती।

बच्चे जीवित थे पाँच; पर उनकी संख्या बताते समय रधिया उन्हें भी गिनाये बिना नहीं रहती, जो स्मृतिशेष रह गये थे। मृत तीन बच्चों की चर्चा जीवितों के साथ इस प्रकार घुली-मिली रहती थी कि सुनने वाला उन्हें जीवित मानने के लिए बाध्य हो जाता। अन्तर केवल इतना ही था कि मृत तो कहानी के नायकों के समान केवल

कहने-सुनने योग्य वायवी स्थिति में जीवित थे और जीवित, अपने कलावन्त पिता और मजदूरिन माँ के काम में सहायता देते-देते मर जाते थे। मिट्टी खोदने से लेकर हाट में बर्तन पहुँचाने तक वे अपने दुर्बल नग्नशरीरों का उतना ही उपयोग करते थे जितने से उनके प्राणों को शरीर से सम्बन्ध-विच्छेद न करने का बहाना मिलता रहे। सबसे छोटा चार-पाँच वर्ष का नत्थू भी जब अपने बढ़े पेट से दस गुनी बड़ी मटकी को सर पर लादकर टेढ़े-मेढ़े सूखे पैरों पर अकड़ता हुआ हटिया जाने का उत्साह दिखाता, तब न उसके पुरुषार्थ पर हँसी आती थी न रोना।

बर्तनों के बेचने से पूरा नहीं पड़ता, अतः अपने जन्म-जात व्यवसाय से जीविका की समस्या हल न होती देख, रधिया आस-पास के खेतों में काम करने चली जाती थी। कभी-कभी उसके खेत से और बदलू के हाट से लौटने तक छोटे-छोटे जीव बाहर के कच्चे चबूतरे पर या उसके नीचे धूल में जहाँ-तहाँ लेटकर बेसुध हो जाते। रधिया जब लौटती, तब उन्हें भीतर पुराने मैली धोती के बिछौने पर एक पंक्ति में सुला देती। उस परिवर्तन-क्रम में जो जाग उठता था, उसे छींके पर धरी हँड़िया में से निकालकर मोटी रोटी का टुकड़ा भेंट किया जाता था और जो सोता रहता, उसे स्नेह भरी थपकियों पर ही रात बितानी पड़ती।

बदलू भी उस हँड़िया के प्रसाद का अधिकारी था; पर इस सीमित अन्नकोष की अन्नपूर्णा को, कब नींद से अपने एकादशी व्रत का पारायण नहीं करना पड़ता, यह जान लेना कठिन होगा।

विचित्र ही थे वे दोनों। पति भोजन नहीं जुटा पाता, वस्त्र का प्रबन्ध नहीं कर सकता और बच्चों के भविष्य या वर्तमान की चिन्ता नहीं करता; पर पत्नी को उसके दुर्गुण ही नहीं जान पड़ते, असन्तोष का कोई कारण ही नहीं मिलता।

रधिया के किसी बच्चे के जन्म के समय कोई कोलाहल नहीं होता। छोटे लक्खी का जिस रात को जन्म हुआ, उसकी सन्ध्या तक मैंने रधिया को बड़ा घड़ा भरकर लाते देखा। घड़ा रखकर उसने मेरे लिए वही चिर-परिचित साढ़े तीन पायों वाली मचिया निकाल दी। उस पर बहुत सतर्कता से अपना सन्तुलन करती हुई मैं जब बच्चों से इधर-उधर की बातें करने लगी, तब रधिया ने अपने धारहीन हँसिये को चबूतरे के नीचे पड़े पत्थर के टुकड़े पर घिस-घिसकर धोना आरम्भ किया। मैंने कुछ हँसी और कुछ विस्मय भरे स्वर में पूछा—"रात में इसका क्या काम है। क्या किसी का गला काटेगी?" उत्तर में रधिया बहुत मलिन भाव से मुस्करा दी।

दूसरे दिन सोमवती अमावस्या होने के कारण मुझे अवकाश था, इसी से वहाँ

पहुँचना सम्भव हो सका। बदलू का चाक सदा के समान उदासीनता में गतिशील था; पर बच्चे घर के द्वार को घेरकर कोलाहल मचा रहे थे। मैंने सकुचाये हुए बदलू की ओर न देखकर दुखिया से उसकी माँ के सम्बन्ध में प्रश्न किया। वह अपने भाई-बहिनों में सबसे अधिक बातूनी होने के कारण एक-एक साँस में अनेक कथाएँ कह चली। उसके नया भइया हुआ है। माई ने चमारिन काकी को नहीं बुलाने दिया—एक रुपया माँगती थी। दराती से अपने-आप नार काट दिया उसारे के कोने में गड़ा है। भइया टिटहरी की तरह पाँव सिकोड़े, आँखें मूँदे पड़ा है। बप्पा ने माई को बाजरे की रोटी दी है, इत्यादि महत्त्वपूर्ण समाचार मुझे कुछ क्षणों में ही मिल गये। तब भीतर झाँककर देखने का निष्फल प्रयत्न था; क्योंकि मलिन वस्त्रों में लिपटी श्यामांगिनी रधिया तो मिट्टी की धूमिल दीवारों से अन्धकार में घुलमिल-सी गयी थी। अपने भावी कुम्भकार को निकट आकर देखने का आमन्त्रण पाकर मैंने भीतर पाँव रखा।

कोठरी में व्याप्त धुएँ और तम्बाकू की गन्ध हर साँस को एक विचित्र रूप से बोझिल किये दे रही थी। पिंडोर से पुती; पर दीमकों से चेचक-रूप दीवारें, खड़े-खड़े भारी छप्पर सँभालने में असमर्थ होकर मानो अब बैठकर थकावट दूर कर लेना चाहती थीं। चूल्हे के निकटवर्ती कोने में नाज रखने की मटमैली और काली मटकियों के साथ चमकते हुए लोटा-थाली आदि, जेल की कठिन प्राचीर के भीतर एकत्र बी० क्लास और ए० क्लास के बन्दी हो रहे थे। घर के बीच में गृहस्वामी के लिए पड़ी हुई झूले-जैसी खटिया की लम्बाई सोने वाले के पैरों को स्थान देना अस्वीकार कर रही थी। दीवार में बने गड्ढे-जैसे आले में न जाने कब से उपेक्षित पड़ा हुआ धूल-धूसरित दिया मानो अपने नाम की लज्जा रखने के लिए ही एक इंच भर बत्ती और दो बूँद तेल बचाए हुआ था।

ऐसे ही घर के पश्चिम वाले खाली कोने में रधिया अपने नवजात शिशु का जीवन के साथ-साथ दरिद्रता से परिचय करा रही थी। आँखें मूँदे हुए वह ऐसा लगता था, मानो किसी बड़े पक्षी के अंडे से तुरन्त निकला हुआ बिना परों का बच्चा हो। नाल जहाँ से काटा गया था, वहाँ कुछ सूजन भी आ गई थी और रक्त भी जम गया था।

मालूम हुआ चमारिन एक रुपये से कम में राजी नहीं हुई, इसी से फिजूलखर्ची उचित न समझ कर उसने स्वयं सब ठीक कर लिया।

पीड़ा के मारे उठा नहीं जाता था—लेटे-लेटे दराती से नाल काटना पड़ा, इसी से ठीक नहीं कट सका; पर चिन्ता की बात नहीं है, क्योंकि तेल लगा देने से दो-चार दिन में सूख जायेगा। मैंने आश्चर्य से उस विचित्र माता के मलिन मुख की

प्रशान्त और सौम्य मुद्रा को देखा।

उसके लिए मैं अभी हरीरा, दूध आदि का प्रबन्ध करने जा रही हूँ। सुन कर वह और भी करुण भाव से मुस्कुराने लगी। जो कहा, उसका अर्थ था कि मैं कहाँ तक ऐसा प्रबन्ध करती रहूँगी; यह तो उसके जीवन भर लगा रहेगा।

चाक के पास निर्विकार भाव से बैठे हुए बदलू को पुकारकर जब मैंने बनिये के यहाँ से गुड़ सोंठ, घी आदि लाने का आदेश दिया, तो वह मानो आकाश से नीचे गिर पड़ा। उसकी दुखिया की माई तो कहती थी कि गुड़ देखकर उसे उबकाई आती है, घी खाने से उसके पेट में शूल उठता है—इसी से तो वह बाजरे की रोटी देकर निश्चिन्त हो जाता है।

बदलू के सरल मुख को देखकर जब मैंने अपने मिथ्यापवाद के भार से सिकुड़ी-सी रधिया पर दृष्टि डाली, तब उस दम्पत्ति से कुछ और पूछने की आवश्यकता नहीं रही। बदलू जिस वस्तु का प्रबन्ध नहीं कर सकता, वह रधिया के लिए हानिकारक हो उठती है—यह समझते देर नहीं लगी। पर, अपने इस दिव्यज्ञान को छिपाकर मैंने सहज भाव से कहा—जो सब स्त्रियाँ खाती हैं, वह दुखिया की माई को भी खाना पड़ेगा, चाहे उबकाई आवे चाहे शूल उठे।

उस घर में सन्तान का जन्म जैसा आडम्बरहीन था, मृत्यु भी वैसी ही कोलाहलहीन आती थी।

मुलिया तेज बुखार में इधर-उधर घूमती ही रही। जब चेचक के दाने उभर आये, तब भाई ने पकड़कर घर के अँधेरे कोने में टूटी खटिया पर डाल दिया। लट से घर बुहारना, नीम पर देवी के नाम से जल चढ़ाना आदि जो कर्त्तव्य रधिया के विश्वास और शक्ति के भीतर थे, उनके पालन में कोई त्रुटि नहीं हुई; पर चौथे दिन उसने परम-धाम की राह ली। उस बालिका पर बदलू की विशेष ममता थी, इसी से जब वह उसे यमुना के गम्भीर जल में विसर्जित कर लौटा, तब उसके शांत मौन में छिपी मर्म-व्यथा का अनुमान कर रधिया ने एक सपने की कथा गढ़ डाली। सपने में देवी मइया उससे कह रही थीं इस कन्या को मैंने इतने ही दिन के लिए भेजा था; अब इसे मुझे लौटा दो। बदलू जैसे बुद्धू व्यक्ति का इस सपने से प्रभावित हो जाना अवश्यम्भावी था। जब स्वयं देवी मइया उसकी मुलिया को ले जाने को उत्सुक थीं, तब कोई दवा न करना अच्छा ही हुआ। दवा-दारू से लड़की तो बच ही नहीं सकती थी—उस पर देवी मइया का कोप सहना पड़ता। फिर उस लड़की का इससे अच्छा भाग्य क्या हो सकता था कि स्वयं माता उसके लिए हाथ पसारें।

एक बार मैंने रधिया को उसके झूठ बोलने के सम्बन्ध में सारगर्भित उपदेश दिया; पर उसने अपने मैले फटे अंचल से आँखें पोंछते हुए जो सफाई दी, वह कुछ कम सारगर्भित न थी। उसका आदमी बहुत भोला है। उसका हृदय इतना कोमल है कि छोटी-छोटी चोटों से भी धीरज खो बैठता है। घर की दशा ऐसी नहीं कि उतने जीवों को दोनों समय भोजन भी मिल सके, इसी से वह अपने और बच्चों के छोटे-मोटे दुःख को छिपा जाती है। अब भगवान् उसे परलोक में जो चाहें दण्ड दें; पर किसी का कुछ छीन लेने के लिए वह झूठ नहीं बोलती।

रधिया का उत्तर ही मेरे लिए एक प्रश्न बन गया। उसके असत्य को असत्य भी कैसे कहा जाय और न कहें, तो उसे दूसरा नाम ही क्या दिया जाय!

अनेक बार मैंने बदलू को समझाया कि यदि वह बेडौल मटकों के स्थान में सुन्दर नक़्क़ाशीदार, झज्झर और सुराहियाँ बनावे, तो वे शहर में भी बिक सकेंगे। पर उसने चाक पर दृष्टि जमाकर खरखराते गले से जो उत्तर दिया, उसका अर्थ था कि—उसके बाप-दादा, परदादा सब ऐसे ही घड़े बनाते रहे हैं—वह गँवई-गाँव का कुम्हार ठहरा—उससे शहराती बर्तन न बन सकेंगे। फिर मैंने अधिक कहना-सुनना व्यर्थ समझा।

एक दिन मैं, पढ़ने वाले बच्चों को कुछ पौराणिक कथाएँ समझाने के लिए कई चित्र ले गई। वे कलात्मक तो नहीं; पर बाजार में बिकने वाली शिव, पार्वती, सरस्वती आदि की असफल प्रति-कृतियों से अच्छे कहे जा सकते थे।

बदलू के बच्चों में दुखिया ही पढ़ने आ सकती थी। सम्भवतः वही अपने बप्पा को वह सूचना दे आई। पर जब अपनी सारी गम्भीरता भूलकर बदलू दौड़ता हुआ वहाँ आ पहुँचा, तब मेरे विस्मय की सीमा नहीं रही। मैंने उसे सब चित्र दिखा दिये और उनका अर्थ भी यथासम्भव सरल करके समझा दिया, फिर भी बदलू बच्चों में बैठा ही रहा। सरस्वती के चित्र पर उसकी टकटकी बँधी देखकर मुझे पूछना ही पड़ा—'क्या इसे तुम अपने पास रखना चाहते हो?' बदलू की दृष्टि में संकोच था—इतनी सुन्दर तस्वीर कैसे माँगी जाय! उसके मन का भाव समझकर जब मैंने उसे वह चित्र सौंप दिया, तब वह बालकों के समान आनन्दातिरेक से अस्थिर हो उठा।

कई दिनों के बाद मैंने बदलू के अँधेरे घर के जर्जर द्वार पर चित्र को लेई से चिपका हुआ देखा और सत्य कहूँ, तो कहना होगा कि मुझे उस चित्र के दुर्भाग्य पर खेद हुआ।

दीवाली के दिन बहुत-से मिट्टी के खिलौने खरीदने का मेरा स्वभाव है। वास्तव

में वह ऐसा पर्व है, जब मिट्टी के शिल्पियों की कारीगरी का अच्छा प्रदर्शन हो जाता है और उस दिन प्रोत्साहन पाकर वे वर्ष-भर अपनी कला के विकास की ओर प्रयत्नशील रह सकते हैं। आधुनिक सभ्य युग ने हमारे उत्सवों का उत्साह छीन ही नहीं लिया, वरन् इन शिल्पियों का विकास भी रोक दिया है। विचारों में उलझी हुई मैं खिलौने सजाने के लिए जैसे ही बड़े कमरे में पहुँची, वैसे ही बाहर बदलू का खरखराता हुआ कण्ठ सुनाई दिया। वह तो कभी मेरे यहाँ आया ही नहीं था, इसी से आश्चर्य भी हुआ और चिन्ता भी। क्या उसके घर कोई बीमार है, किसी प्रकार की आपत्ति आई है? बरामदे में आकर देखा—मैले कपड़ों में सकुचाया-सा बदलू एक टूटी डलिया लिए खड़ा है।

कुछ आगे बढ़कर जब उसने डलिया सामने रखकर उस पर ढका हुआ फटे कपड़े का टुकड़ा हटा दिया, तब मैं अवाक् हो रही। बदलू एक सरस्वती की मूर्ति लाया था—सफेद और सुनहले रंगों से चित्रित। मूर्ति की प्रशान्त मुद्रा को उसके शुभ्र वस्त्र, सुनहले बाल, सुनहली वीणा और लाल चोंच और पैर वाले सफेद हंस ने और भी सौम्य कर दिया था। एक-एक बाल की लट, जितनी कला से बनाई गयी थी, उससे तो बनाने वाला बहुत कुशल शिल्पी जान पड़ा। पूछा—'किससे बनवा लाये हो इसे?' जो उत्तर मिला उसके लिए मैं किसी प्रकार भी प्रस्तुत नहीं थी। बदलू ने सलज्ज आँखें नीची कर और सूखे बेडौल हाथ फैलाकर बताया कि उसने अपने ही हाथों से बनाई है। विश्वास करना सहज न होने के कारण मैं कभी मूर्ति और कभी बदलू की ओर देखती रह गई। क्या यह वही कुम्हार है, जिसने एक वर्ष पहले सुन्दर घड़े बनाने में भी असमर्थता प्रकट की थी? मुख से निकल गया—'तुम तो गाँव के गँवार कुम्हार हो; जब नक्काशीदार घड़ा बनाना असम्भव लगता था, तब ऐसी मूर्ति बनाने की कल्पना कैसे कर सके।'

धीरे-धीरे सत्य स्पष्ट हुआ। सरस्वती के चित्र को देखते-देखते, बदलू के मन में कलाकार बनने की इच्छा जाग उठी। जहाँ तक सम्भव हो सका, उसने सारी शक्ति लगाकर उस चित्रगत सौन्दर्य को मिट्टी में साकार करने का प्रयत्न किया। कई बार असफल रहा; पर निरन्तर अभ्यास से आज वह सरस्वती की ऐसी प्रतिमा बना पाया, जो मुझे उपहार में देने योग्य हो सकी।

तब से कितनी ही दीवालियाँ आईं, बदलू ने कितनी ही सुन्दर-सुन्दर मूर्तियाँ बनायीं और उनमें से कितनी ही सम्पन्न घरों में अलंकार बन कर रहीं।

सरला रधिया तो मानो अपने पति को कलावन्त बनाने के लिए ही जीवित थी।

जैसे ही उसके बेडौल मटकों का स्थान सुन्दर मूर्तियों ने लिया, वैसे ही वह अपनी ममता समेट कर किसी अज्ञात लोक की ओर प्रस्थान कर गई।

बदलू तो ऐसा रह गया, मानो चकवा-चकवी के जोड़े में से एक हो। सबेरे से साँझ तक वह रधिया के लौट आने की प्रतीक्षा करता रहता था। प्रतीक्षा वैसे ही करुण है; पर जब एक जीवित मनुष्य उस मृत की प्रतीक्षा करने बैठता है, जो कभी नहीं लौटेगा, तब वह करुणतम हो उठती है। मिथ्यावादिनी रधिया उस उदासीन ग्रामीण के जीवन में कौन-सा स्थान रिक्त कर गई है, यह तब ज्ञात हुआ, जब उसने घर बसाने की चर्चा चलाने वाले के सर पर एक मटकी दे मारी।

स्त्री में माँ का रूप ही सत्य, वात्सल्य ही शिव और ममता ही सुन्दर है। जब वह इन विशेषताओं के साथ पुरुष के जीवन में प्रतिष्ठित होती है, तब उसका रिक्त स्थान भर लेना असम्भव नहीं तो कठिन अवश्य हो जाता है।

अन्त में तेरह वर्ष की दुखिया ने छोटा-सा अञ्चल फैला कर अपने बप्पा और भाई-बहिनों को उसकी छाया में समेट लिया। रधिया का प्रतिरूप बनकर वह उसी के समान सबकी व्यवस्था में अपने-आपको गला-गलाकर बड़ा करने लगी।

दो वर्ष हो चुके, जब बदलू की कला पर मुग्ध होकर उसका एक ममेरा भाई उसे बच्चों के साथ फैजाबाद ले गया था; परन्तु दीवाली के दिन वह एक-न-एक मूर्ति लेकर उपस्थित होना नहीं भूलता। केवल इसी वर्ष उसके नियम में व्यतिक्रम हो रहा है, क्योंकि दीवाली आकर चली गई; पर बदलू अब तक कोई मूर्ति नहीं लाया। कदाचित् वह रधिया की खोज में चल दिया हो; पर मेरे घर के हर कोने में प्रतिष्ठित बुद्ध, कृष्ण, सरस्वती आदि की मूर्तियाँ, पुराने चाक पर बेडौल घड़े गढ़ने वाले ग्रामीण कुम्भकार का स्मरण दिलाकर मानो कहती ही रहती हैं—कला तुम्हारा ही पैतृक अधिकार नहीं, कल्पना तुम्हारी ही क्रीतदासी नहीं।

17 दिसम्बर, 1936

लछमा

धुल-धुलकर धूमिल हो जाने वाले पुराने काले लहँगे को एक विचित्र प्रकार से खोंसे, फटी मटमैली ओढ़नी को कई फेंट देकर कमर से लपेटे और दाहिने हाथ में एक बड़ा-सा हँसिया सँभाले लछमा, नीचे पड़ी घास-पत्तियों के ढेर पर कूदकर खिलखिला उठी। कुछ पहाड़ी और कुछ हिन्दी की खिचड़ी में उसने कहा—'हमारे लिए क्या डरते हो! हम क्या तुम्हारे-जैसे आदमी हैं! हम तो हैं जानवर! देखो हमारे हाथ-पाँव देखो हमारे काम!' मुक्त हँसी से भरी यह पहाड़ी युवती, न जाने क्यों मुझे इतनी भली लगती है।

धूप से झुलसा हुआ मुख ऐसा जान पड़ता है जैसे किसी ने कच्चे सेब को आग की आँच पर पका लिया हो। सूखी-सूखी पलकों में तरल-तरल आँखें ऐसी लगती हैं, मानो नीचे आँसुओं के अथाह जल में तैर रही हों और ऊपर हँसी की धूप से सूख गयी हों!

शीत सहते-सहते ओठों पर फैली नीलिमा, सम दाँतों की सफेदी से और भी स्पष्ट हो जाती है। रात-दिन कठिन पत्थरों पर दौड़ते-दौड़ते पैरों में और घास काटते-काटते और लकड़ी तोड़ते-तोड़ते हाथों में जो कठिनता आ गई है, उसे मिट्टी और गोबर की आर्द्रता ही कुछ कोमल कर देती है।

एक ऊँचे टीले पर लछमा का पहाड़ के हृदय पर पड़े छाले-जैसा छोटा घास-फूस का घर है।

बाप की आँखें खराब हैं, माँ का हाथ टूट गया है और भतीजी-भतीजे की माता परलोकवासिनी और पिता विरक्त हो चुका है। सारांश यह कि लछमा के अतिरिक्त और कोई व्यक्ति इतना स्वस्थ नहीं, जो इन प्राणियों की जीविका की चिन्ता कर सके। और इस निर्जन में लछमा कौन-सा काम करके इतने व्यक्तियों को जीवित रखे, यह समस्या कभी हल नहीं हो पाती। अच्छे दिनों की स्मृति के समान एक भैंस है। लछमा उसके लिये घास और पत्तियाँ लाती है। दूध दुहती, दही जमाती और मट्ठा बिलोती है। गर्मियों में झोपड़े के आस-पास कुछ आलू भी बो लेती है; पर इससे अन्न का अभाव तो दूर

नहीं होता! वस्त्र की समस्या तो नहीं सुलझती!

—लछमा की जीवन-गाथा उसके आँसुओं में भीग-भीगकर अब इतनी भारी हो गई है कि कोई अथक कथावाचक और अचल श्रोता भी उसका भार वहन करने को प्रस्तुत नहीं।

सभ्यता के शेष चिह्नों से साठ मील दूर स्थित एक गाँव में लछमा का विवाह हुआ था। उसकी ससुराल में बहुत जमीन थी, बहुत खेती होती थी, बहुत गाय, भैंस, बैल पले थे—सारांश यह कि सभी कुछ बहुत था; पर कठोर भाग्य ने अपना व्यंग छिपाने के लिए एक स्थान निकाल ही लिया। उसका पति पागल तो नहीं कहा जा सकता; पर उसका मानसिक विकास एक बालक के विकास से अधिक नहीं हो सका। पागल लड़के की बुद्धिमती और परिश्रमी बहू को सास-ससुर चाह सकते हैं; पर देवर-जेठों के लिए तो वह एक समस्या ही हो सकती है, क्योंकि उसकी उपस्थिति में भाई की सम्पत्ति का प्रबन्ध करना भी आवश्यक हो जाता है और उसे आत्मसात करने की इच्छा रोकना भी अनिवार्य हो उठता है।

अनेक अत्याचार सहकर भी जब लछमा ने अपना अधिकार छोड़ने की इच्छा नहीं प्रकट की, तब एक बार वह इतनी अधिक पीटी गयी कि बेहोश हो गई और मृत समझकर खड्ड में छिपा दी गयी। कैसे वह होश में आई और किस असह्य कष्ट से घसिट-घसिट कर खड्ड के पार दूसरे गाँव तक पहुँच सकी, यह बताना कठिन होगा। अपने सम्बन्धियों के अत्याचार के सम्बन्ध में उसने एक शब्द भी मुँह से न निकलने दिया, क्योंकि इससे उसके विचार में 'घर की मर्जाद चली जाती।' इसके अतिरिक्त अपने मारे-पीटे जाने की बात अभिमानिनी लछमा कैसे बताती! अचानक बहुत ऊँची शिला से गिरकर चोट खा गयी है, इस कल्पित कथा के असत्य में जिस साहस का परिचय मिलता था, वह पीटे जाने की क्रूर कहानी के सत्य में दुर्लभ हो जाता।

मार्ग में तीन दिन तक कुछ खाने को न मिल सका। लछमा हँसकर कहती है—'जब बहुत भूखा हुआ, तब पीली मिट्टी का एक गोला बनाकर मुँह में रखा और आँख मूँद कर सोचा—'लड्डू खाया, लड्डू खाया।' बस फिर बहुत-सा पानी पी लिया और सब ठीक हो गया।' मृत्यु की वैतरणी पार करके आई हुई लछमा को देखकर जब नैहर वालों ने उसकी ससुराल वालों को दण्ड देना चाहा, तब लछमा के तीव्र विरोध ने ही एक महाभारत का सूत्रपात रोका।

इस अभागी स्त्री की छाया में मानो दुःख स्थायी रूप से बस गया है। उसके

लौटते ही भौजाई ने एक बालिका और एक मास-भर के शिशु पुत्र को उसकी गोद में रखकर चिर काल के लिए विदा ली। टूटे शरीर और फूटे भाग्य के साथ लछमा को जो पूर्ण और स्वस्थ हृदय मिला है, उसी को लेकर उसने यह मधुर-कटु कर्त्तव्य-भार सँभाला; पर वह बेचारी सन्तान-पालन क्या जाने! न तो आस-पास किसी छोटे बालक की माता ही मिल सकी और न वह शिशु कटोरे से दूध पीना ही सीख सका। तब लछमा की बुद्धि ने नया उपाय खोज निकाला। वह अनुनय-विनय करके किसी से तेल की बोतल खाली करा लाई और उसमें कपड़े की, बत्ती-नुमा कुछ ढीली डाट लगाकर बच्चे को पानी मिला भैंस का दूध पिलाने लगी। ससुराल के अत्याचार से उसकी हड्डी-हड्डी ढीली हो गई है। कुछ देर बैठने से रीढ़ का दर्द व्याकुल कर देता है और खड़े रहने से घुटनों में चिलक उठती है। पर उसने बिना किसी की सहायता के रात-रात भर खड़े रहकर, दिन-दिन भर झुके रहकर अपनी भाभी की धरोहर को पाल लिया और आज तो वह शिशु इतना बड़ा हो गया है कि पालतू पशु की तरह बुआ का मूक अनुसरण करता फिरता है।'

पहली बार लछमा को देख कर मेरे मन में उसे प्रयाग लाकर पढ़ाने-लिखाने का विचार उठा था; पर प्रस्ताव के उत्तर में लछमा ने केवल अपने जीर्ण-शीर्ण घर की ओर देखकर सिर झुका लिया। उतने प्राणियों को वह किसके भरोसे छोड़ आती? उस समय आशा थी कि पत्नी-वियोग से अव्यवस्थित भाई सम्भवतः लौटकर अपना कर्त्तव्य सँभाल ले; पर उस आशा के दुराशा सिद्ध होने पर भी लछमा की उजली हँसी निराशा की छाया से म्लान नहीं हुई। वह सहज भाव से मुस्कराकर कह देती है कि जंगल में पढ़-लिख कर क्या होगा? यहाँ तो पेड़ पर चढ़कर लकड़ियाँ और पत्तियाँ तोड़ना आना चाहिए। जब बूढ़े माँ-बाप नहीं रहेंगे और बच्चे बड़े हो चुकेंगे, तब भगवान् उसे संसार में क्यों पड़ा रहने देंगे? फिर उसे अवश्य ही ऐसा जन्म मिलेगा, जिसमें मेरे पास रहकर पढ़-लिख भी सके और कर्त्तव्य का पालन भी कर सके।

यदि मैं उसे पढ़ाना चाहूँ, तो कम-से-कम दूसरे जन्म तक प्रतीक्षा करूँ, इस विचित्र कथन में यदि कर्त्तव्य के प्रति इतनी निष्ठा और जीवन के प्रति इतना सरल विश्वास न होता, तो पगली लछमा पर हँसने को जी चाहता।

समता के धरातल पर सुख-दुख का मुक्त आदान-प्रदान यदि मित्रता की परिभाषा मानी जावे, तो मेरे पास मित्र का अभाव है।

अपने आनन्द के प्रकाशन के लिए मेरे निकट कला ही नहीं, पशु-पक्षी, पेड़-पौधे भी महत्त्व रखते हैं, क्योंकि उन पर भी अपनी प्रसन्नता व्यक्त करके मुझे पूर्ण

सन्तोष हो जाता है। रहा दुख का प्रकटीकरण—तो उसका लेशमात्र भी, भार बनाकर किसी को देना मुझे अच्छा नहीं लगता।

दूसरे के सुख में एक प्रकार की निश्चिन्तता का अनुभव करके मैं दूर ही रह जाती हूँ और दुःख ग्रस्त से मेरे सम्बन्ध का आधार वात्सल्य ही रहता है।

पर कँटीली डालियों से छिदे हाथों और पैने पत्थरों से क्षतविक्षत पैरों वाली मलिन; पर हास से उज्ज्वल लछमा के प्रति मेरे मन में सम्मानयुक्त सख्यत्व की भावना ही प्रधान है। वह अपने दुःख में न इतनी अस्थिर है, न हल्की कि उसे मेरे सहारे की आवश्यकता जान पड़े। और अनेक अवसरों पर तो मैंने उसे अपने-आप से बहुत गुरु और ऊँचा पाया है।

लछमा के व्यवहार में भी मुझे एक ऐसी समानता का अनुभव होता है, जिसका अन्य पहाड़ी स्त्रियों में अभाव है। मेरे-अपने बीच का अन्तर वह अपनी सहज समता से भर लेती है, अतः मुझे उस तक पहुँचने के लिए कोई प्रयास नहीं करना पड़ता।

मैं अच्छे-अच्छे व्यंजन खा सकती हूँ, यह जानकर भी वह बड़े यत्न से ऐसी वस्तुएँ लाती ही रहती है, जो जंगल में प्राप्य हैं। एक दिन वह छत्ते के मोमी टुकड़ों के साथ हाल का निकाला हुआ शहद लेकर दौड़ी आई और तुरन्त खा लेने के लिए अनुरोध करने लगी। मीठा मुझे वैसे ही कम रुचता है, उस पर मधु को देखते ही मुझे मधुमक्खियाँ इस तरह स्मरण आने लगती हैं कि खाना कठिन हो जाता है; पर लछमा के अनुरोध की रक्षा के लिए कुछ चखना ही पड़ा।

वहाँ तो अनेक व्यक्ति मधुमक्खियाँ पालकर मधु का व्यापार करते हैं; पर लछमा न तो मधुमक्खियों को पालने के लिए काठ का बना घर खरीद सकती थी और न उसके घर की दीवारें ही ऐसी थीं, जिनमें ऐसा घर बनाया जा सकता। पूछने पर पता चला की एक दीवार फट गयी है। लछमा को उसकी दरार में मधुमक्खियाँ पालने की इच्छा हुई; पर मक्खियाँ वहाँ पहुँचें तो क्योंकर, प्रतीक्षा करते-करते थककर लछमा मधुमक्खियों को पकड़-पकड़ कर उस दरार में बैठाने लगी कई बार उनके काटने से उसके हाथ सूज गये—कई बार वे उस दरार के संकीर्ण घर को नापसन्द कर उठ गयीं; पर अन्त में कुछ उदार मक्खियों ने वहाँ बसकर बेचारी लछमा को कृतार्थ किया। उन्हीं के छत्ते का पहला मधु वह मेरे लिए लाई है।

एक बार इसी प्रकार मेरे आने के दिन सब जगह घूम-घूमकर, वह मुझे विदा में देने के लिए काले अंगूरों का गुच्छा ले आई थी। भैंस जब दूध देती है, तब कभी काठ की प्याली में दूध, कभी दोने में दही और कभी पत्ते पर मक्खन लिये लछमा

दौड़ती चली आती है और गोबर-मिट्टी से गीले पैरों के द्वारा सूखे फर्श पर मटमैले चित्र-से बनाती हुई मेरी चौकी के पास पहुँचकर थोड़ा-सा खा लेने के लिए हठ-भरा अनुरोध करने लगती है। आदि से अन्त तक मेरी शिक्षा छात्रावास में रहकर ही हुई है—बीच में घर जाने पर माँ ही खिलाने-पिलाने की विशेष चिन्ता करती थी; पर उनका चिन्ता करना नियम का अपवाद जैसा लगता रहा है, इसी से मैं ऐसी चिन्ता की अभ्यस्त नहीं हूँ।

पढ़ना समाप्त करते ही मैंने स्वयं अनेक विद्यार्थियों की चिन्ता करने का कर्त्तव्य स्वीकार कर लिया, अतः मुझे हटकर खिलाने वाले व्यक्तियों का अभाव ही रहा है। लछमा का हठ करना मेरे आरोपित और कल्पित बड़प्पन को दूर कर मुझे फिर बचपन की सहज और स्वाभाविक स्थिति में पहुँचा देता है।

वह अपनी ममता में सरल है। अपने लिखने-पढ़ने में बहुत व्याघात पड़ते देख एक दिन मैंने खिजलाकर लछमा से कहा—"अब आने पर मैं सामने वाले पहाड़ की सुनसान चोटी पर कुटी बनाकर रहूँगी, जहाँ कोई न पहुँच सके।"

निरन्तर सबके भोजन की चिन्ता करते-करते वह जान चुकी है कि भोजन की समस्या सहज सुलझने वाली नहीं होती और बिना उसे सुलझाए संसार का कोई काम सम्भव नहीं। निर्जन में कहीं मैं भी इसी समस्या में उलझ कर न रह जाऊँ, यही सोचकर उसने जो उपदेश-गर्भित अनुरोध किया, वह उसी के योग्य था। लछमा की इच्छा है कि जब उसकी भैंस की दो वर्ष की पड़िया चार की होकर दूध देने लगे, तब मैं पहाड़ की ऊँची चोटी पर जाकर रहूँ। तब एक भैंस का दूध बूढ़ा-बूढ़ी और बच्चों के काम आयेगा और दूसरी का मेरे। वह प्रतिदिन नियम से एक सेर दूध, एक सेर दही, दो-चार आलू और लकड़ी, पानी आदि वहाँ पहुँचा आया करेगी। वह बोलेगी भी नहीं, देखेगी भी नहीं—केवल दरवाजे पर सब कुछ रख कर लौट आया करेगी। फिर जब मेरी मोटी पोथी लिखी जा चुके और मैं अकेले रहते ऊब जाऊँ, तो 'लछमा!' पुकारते ही वह सौ काम छोड़कर वहाँ जा पहुँचेगी और सब सामान, यहाँ तक कि कुटी का छप्पर भी ढोकर नीचे ले आवेगी। इस महत्त्वपूर्ण प्रस्ताव के अन्त में जब लछमा बड़ी विनीत गम्भीरता से मेरे मुख की ओर देखने लगी, तब मैं विस्मय से बोल न सकी। एकान्त और निर्जन सहज प्राप्य है, मोटे-मोटे पोथे लिख लेना भी कठिन ही न; पर लछमा-जैसा अकारण ममतालु सहायक दुर्लभ ही रहेगा।

लछमा का यह कथन कि उसके पास भाग्य की कमी है, समझ की नहीं, बहुत कुछ सत्य है।

एक बार मेरा हिमालय का चित्र बनाना देखते-देखते वह बोल उठी—'सामान मिलता तो मैं ठीक-ठीक बर्फान उतार देती।' मैंने उपहास के भाव से प्रश्न किया—'क्या-क्या चाहिए?' लछमा ने कुछ विचित्र भाव-भंगिमा से जो उत्तर दिया, उसका अर्थ था कि उसे एक बड़ा-सा नीला कागज चाहिए और सफेद और हरा रंग। फिर वह एक बहुत ऊँची चोटी पर किसी समतल चट्टान के ऊपर अपना नीला कागज बिछाकर दिन भर बैठेगी और कहीं दीवार की तरह खड़े, कहीं छप्पर की तरह फैले और कहीं मन्दिर के समान कलशदार हिमालय को उतारेगी। नीला कागज आकाश रहेगा, सफेद रंग से बर्फ बनेगी और हरे से देवदार के पेड़। छोटी लछमा की बुद्धि का इतना विशाल परिचय पाकर चकित होना ही स्वाभाविक था। मुझे सफेद कागज पर बड़े प्रयास से नीला आकाश बनाते देख उसने नीले कागज की बात सोच ली होगी।

पूछने पर पता चला कि बिना सिखाये ही लछमा को फूल-पत्ती, बेल-बूटे बनाने की इतनी चाह है कि वह अपनी ही नहीं, पड़ोस के घरों की दीवारों को भी गेरू और चावल से गोद चुकी है। उसकी चित्र-रचना में चाहे अर्थ कुछ न रहे; पर बनाने वाली उँगलियों का अपटु परिश्रम और साधनहीनता तो प्रत्यक्ष हो ही जाती है।

इसी प्रकार देखते-देखते वह कुछ-कुछ बुनना भी जान गई है; पर ऊन और सलाइयों के अभाव में बूढ़े बाप के स्वेटर बुनने की इच्छा साकार न हो पाई। दूसरों से उसकी निराशा का कारण जानकर मैंने उसे वे वस्तुएँ मँगा दीं अवश्य पर यदि सर्दी में पिता की रक्षा का प्रश्न न होता, तो वह उन सबको छोड़कर भाग खड़ी होती, इसमें सन्देह नहीं मुझ पर उसका स्नेह कम नहीं है; पर उस स्नेह को साधन बनाकर छोटे-से-छोटे स्वार्थ की सिद्धि भी उसे अभीष्ट नहीं रही।

साधारणतः असंख्य असुविधाएँ और विविध अभाव पहाड़ी जीवन में स्वार्थ भावना को बहुत स्थूल और स्पष्ट रूप दे देते हैं! पर लछमा के जीवन को मैंने इसका अपवाद ही पाया।

मुझे उसकी स्वाभाविक हँसी में छिपे आँसुओं को खोजना पड़ता है और उन आँसुओं के नीचे छिपे कारणों का पता लगाना पड़ता है। फिर अन्त में, 'हम तो ऐसे ही जंगली हैं, हमें क्या चाहिए', आदि के द्वारा लछमा मेरा सारा परिश्रम निष्फल किये बिना नहीं रहती।

हृदय से इतनी स्वच्छ लछमा को बाहर से मलिन ही रहना पड़ता है। कभी-कभी तो अपनी मलिनता पर आप ही झुँझलाकर कह उठती है—मैं तो इतनी मैली

हूँ। मुझे भीतर मत आने दो बाहर ही रोक दिया करो। देखो तो, सारा-का-सारा घर कैसा लगने लगता है।' उसके इस प्रकार के उद्‌गार स्वयं अपने ही प्रति हुआ करते हैं क्योंकि उनके उपरान्त वह मुझे सफाई देने लगती है—'पाँव तो सबेरे ही मल-मलकर धोये थे; पर आधे रास्ते से भैंस को घास डालने लौट जाना पड़ा। लहँगा तो कल पत्थर पर मोगरी से पीटकर छाँटा था; पर बच्चे ने मिट्टी से भरे हाथ पोंछ दिये। ओढ़नी तो परसों झरने में धोकर सुखाई थी; पर घास बाँधने की रस्सी बीच में टूट गयी और इसी से बाँधकर लाना पड़ा।'

न जाने किस युग में लछमा के पास एक काठ की कंघी थी। फिर जब से वह खोई, तब से झरने में धोकर बहुत उलझे बालों को नोंचकर फेंक देना ही उसका प्रसाधन हो गया है। मेरे यहाँ एक पुराने काले कंघे का उपहार पा लेना उसके लिए एक असम्भावित घटना हो गई। उस कंघे को दराती के साथ कमर में खोंसकर वह पहाड़ के किस-किस कोने में किस-किस झरने की सहायता से शृंगार नहीं करती फिरी, यह बताना कठिन है; पर उसकी विचित्र केश-रचना-जनित प्रसन्नता देखकर आँसू आये बिना नहीं रहते।

शृंगार के असंख्य अभूतपूर्व साधनों से भरी बीसवीं शताब्दी में भी जिस स्त्री के लिए इतनी तुच्छ वस्तु दुर्लभ है, उसके दुर्भाग्य को कौन-सा नाम दिया जावे!

एक बार अन्य स्त्रियों से सुना कि लछमा न जाने क्या धूप-दीप करके उनकी सन्तान का अमंगल मनाती रहती है। पूछने पर पता चला कि वह सन्तान का तो नहीं पर कुछ आँखों का अमंगल अवश्य मनाती है। उसके घर न जाने कब की पुरानी और कीड़ों की खाई हुई दुर्गा की तस्वीर है। सवेरे-साँझ उसके सामने कुछ अंगारे रख कर और उन पर कुछ सूखी; पर सुगन्धित पत्तियों की धूप डालकर वह कह लेती है कि जो उस पर बुरी दृष्टि डाले उसकी आँखें जलकर क्षार हो जावें।

दूसरों की आँखों का अमंगल चाहने से किसी की पवित्रता की रक्षा नहीं होती, क्योंकि वास्तविक पवित्रता का प्रमाण तो यही है कि मलिन-से-मलिन दृष्टि भी उसका स्पर्श कर पवित्र हो जावे, इस सत्य को समझना सहज ही नहीं था; पर लछमा को मेरे कथन के सूक्ष्म भाव तक पहुँचने में कठिनता नहीं हुई। तब से उसके धूप-दीप में अपनी ही नहीं, सबकी कल्याण-कामना रहती है।

यह पर्वत की कन्या जितनी निडर है, उतनी ही निश्चल। जिस प्रकार अपनी दराती के साथ वह अँधेरी-से-अँधेरी रात में भी मार्ग ढूँढ़ लेती है, उसी प्रकार अपने निश्चय के साथ वह घोर-से-घोर विरोध में भी अटल रह सकती है।

कुछ वर्ष पूर्व लछमा के जीवित हो जाने का समाचार पाकर ससुराल के कुछ सम्बन्धी उसके अबोध पति को लेकर उसे बुलाने आये। उसने अपने बालक-बुद्धि पति से अनुरोध किया कि वह अपने भाइयों को सब कुछ सौंपकर आ जावे और उसी के पास रहे। वह स्वयं भैंस की गोठ में पड़ी रहेगी; पर पति के रहने के लिए एक लिपी-पुती स्वच्छ कोठरी का प्रबन्ध करेगी। स्वयं चाहे मलिन दुर्गन्धित घास में पड़ी रहेगी पर उसके लिए गाँव वालों से चारपाई माँग लावेगी। आप भूखी रहेगी; पर रात-दिन मजदूरी करके उसके भोजन का प्रबन्ध करेगी। लछमा के साथ उसका विवाह हुआ है; अतः उसे वह जीवन भर न छोड़ेगी। पर वह उसके घर नहीं जा सकती, क्योंकि वहाँ लोग उसे मार डालेंगे और उसके माता-पिता, भतीजा-भतीजी भूख से अपने-आप मर जायेंगे।

सम्बन्धियों ने उसके पति को वहाँ न छोड़ा, क्योंकि उन्हें मर कर जीवित हो जाने वाली मायाविनी बहू की सच्चाई पर विश्वास नहीं।

लछमा के इस व्यवहार से आस-पास असन्तोष की लहर-सी फैल गयी और वह अनेक प्रकार की चर्चा का आधार बनने लगी।

समाज के मनोविज्ञान का जैसा परिचय समतल में मिलता है, वैसा ही पर्वत की विषम-भूमि में।

एक पुरुष के प्रति अन्याय की कल्पना से ही सारा पुरुष-समाज उस स्त्री से प्रतिशोध लेने को उतारू हो जाता है और एक स्त्री के साथ क्रूरतम अन्याय का प्रमाण पाकर भी सब स्त्रियाँ उसके अकारण दण्ड को अधिक भारी बनाये बिना नहीं रहतीं।

इस तरह पग-पग पर पुरुष से सहायता की याचना न करने वाली स्त्री की स्थिति कुछ विचित्र-सी है। वह जितनी ही पहुँच के बाहर होती है, पुरुष उतना ही झुँझलाता है और प्रायः यह झुंझलाहट मिथ्या अभियोगों के रूप में परिवर्तित हो जाती है। यह स्वाभाविक भी है; क्योंकि जो अप्राप्य है, उसी को प्राप्त प्रमाणित करके हमें सन्तोष है; जो प्राप्त है, उसे प्राप्त प्रमाणित करने की आवश्यकता ही नहीं रहती।

पर खड़ा हुआ व्यक्ति यदि अपने गिरने की घोषणा सुनते-सुनते खड़े होने के प्रयास को व्यर्थ समझने लगे, तो आश्चर्य क्या! इसी कारण, जब तक स्त्री स्वभाव से इतनी शक्तिशालिनी नहीं होती कि मिथ्या पराभव की घोषणा से विचलित न हो, तब तक उसकी स्थिति अनिश्चित ही रहती है।

लदमा में मैंने अविचलित रहने की शक्ति भी देखी और बड़े-से-बड़े अपकार को क्षमा कर देने की उदारता भी। न वह दूसरों की निन्दा करके हल्की बनती है और

न अपनी सफाई देकर आत्मविश्वास की न्यूनता प्रकट करती है। उसका दर्पण-जैसा मन स्वयं ही अपनी स्वच्छता का प्रमाण है। एक बार तो जब एक सज्जन मेरे घर में बैठकर मुझे लछमा के कल्पित दोष गिना रहे थे, तब वह दरवाजे के बाहर खड़ी होकर उन्हें छोटे बच्चों की तरह मुँह चिढ़ा रही थी।

गाँव के बुरे-से-बुरे व्यक्ति की भी चर्चा चलते ही वह सरल भाव से कह देती है—'आपने आप रहेगा' उसके स्वनिर्मित शब्दकोश में इसका अर्थ है—रहने दो, जैसा करेगा वैसा पायेगा।

मार्ग में आने-जाने वाले सभ्य जब चरने वाली भैंस और चराने वाली लछमा के साथ एक-सा उपेक्षा-भरा व्यवहार करते हैं। तब वह रुष्ट नहीं होती—-उल्टे उनकी सफाई देने लगती है—'हम तो आदमी जैसे नहीं। वे बहुत अच्छे हैं, फिर हमसे कैसे बोलें, हम भी नहीं बोलते; तुम बहुत अच्छा नहीं करते, क्योंकि हमसे बोलते हो—पर तुम हमसे अच्छा बोलते हो, इसी से हम तुमको घेरते हैं, ऐसे टूटे-फूटे वाक्यों में लछमा का जो तात्पर्य छिपा रहता है, उसे पूर्णतः समझ लेना चाहे सहज न हो; परन्तु इतना तो समझ में आ ही जाता है कि उसके अपनी लघुता पर संकुचित हृदय में किसी के प्रति कोई दुर्भावना रखने का स्थान नहीं।

मेरे आने का दिन लछमा के लिए बहुत व्यथा-भरा दिन रहता है। भैंस दुहकर वह मेरे यहाँ दौड़ आती है। पानी भरकर वह फिर एक चक्कर लगाने चल देती है। बच्चों को रोटी देकर वह फिर एक फेरी दे जाती है। जैसे-जैसे मेरा सामान बँधता है, वैसे-वैसे मानो लछमा के जोड़-जोड़ के बन्धन शिथिल होते जाते हैं।

एक मील तक मुझे पहुँचाने का उसका नियम है। मील का दूसरा पत्थर आते ही, जब मैं उसे लौट जाने का आदेश देती हूँ, तब वह खोई-सी खड़ी हुई, बार-बार आँखें पोंछकर दृष्टि से ही कुछ दूर तक मेरा अनुसरण करती रहती है।

पहाड़ी राह हमारे यहाँ की लम्बी-चौड़ी सड़क जैसी नहीं है। चार पग चल कर ही कभी दाहिनी ओर मुड़ जाना पड़ता है, कभी बाईं ओर; कभी कोई पेड़ दृष्टि रोक लेता है, कभी कोई शिलाखण्ड। मेरे दृष्टि से ओझल हो जाने पर भी लछमा का आँसुओं से गीला कण्ठ दूर तक सुनाई देता रहता है—सँभाल के जाना—जल्दी लौटना—अच्छा-अच्छा।

इन दिनों लछमा के सामने भूखे मरने का प्रश्न नहीं रहा। सेब के बाग फलों से लदे हुए हैं। पेड़ों के नीचे गिरे कच्चे और खट्टे सेब वहीं सूख या सड़ जाते हैं, इसी से कोई उन्हें लेने से नहीं रोकता। आजकल किसी भी पेड़ के नीचे बैठकर

लछमा सेर-तीन पाव खट्टे और न खाये योग्य सेब गले के नीचे उतार लेती है और फिर दो-दो दिन तक निराहार काम में लगी रहती है।

पर धीरे-धीरे वह जाड़ा आ रहा है, जब धरती के हृदय पर दुःख-भार के समान तीन-तीन फुट ऊँची बर्फ जम जायेगी, जब लोग अपने-अपने घरों में आग तापते हुए पुरानी कथाओं को नये ढंग से कहेंगे, जब सम्पन्न और निर्धन सब अपने संचित अन्न के भरोसे प्रकृति की तरल; पर क्रूर क्रीड़ा का उपहास करेंगे, जब कुछ पशु नीचे के गर्म गाँवों की ओर भेज दिये जायेंगे और कुछ सुखाई हुई घास देकर गर्म गोठों में सुरक्षित रखे जायेंगे। और तब विकलांग बूढ़ों, असमर्थ बालकों तथा अरक्षित पशुओं को लेकर लछमा क्या करेगी?

मुझे उसका कोई समाचार नहीं मिलता, यह सत्य भी है और नहीं भी। वह पढ़ी-लिखी होती, तो पत्र लिखने की सुविधा रहती, यह सुनकर लछमा एक विचित्र भाव-भंगिमा के साथ अपनी अटपटी-सी भाषा में उत्तर देती है—'हम तो अपने जैसी लिख लेते हैं। एक टीले पर बैठकर सोचते हैं, यह लिखा वह लिखा, 'यह ठीक लिख गया—वह लिखना अच्छा नहीं हुआ। जब मन में आता है कि चिट्ठी गई, तब उठकर खुशी से घास काटते हैं, लकड़ी तोड़ते हैं। क्या हमरा लिखा नहीं पहुँचता?'

कागज, कलम, स्याही और अक्षरों से शून्य तथा पोस्ट-आफिस की सहायता के बिना भेजी गयी चिट्ठी की बात सुनकर किसे हँसी नहीं आवेगी!

पर जब सर्दियों में मैं अचानक ही यहाँ के गर्म कमरे को छोड़कर उस हिम से मूर्च्छित पर्वत की ओर जाने को उद्यत हो जाती हूँ, गर्मियों में सभ्य समारोह से मुखरित पर्वतीय सौन्दर्य का निरादर कर, उस व्यथा से नीरव हिमानी के कोने में पहुँचने के लिए विकल हो उठती हूँ, तब मुझे निरक्षर लक्ष्मा की चिट्ठी नहीं मिलती, यह कौन कह सकता है?

28 अगस्त, 1939

□□□